Maggie Cox
Secreto de una noche

Editado por HARLEQUIN IBÉRICA, S.A.
Núñez de Balboa, 56
28001 Madrid

© 2011 Maggie Cox. Todos los derechos reservados.
SECRETO DE UNA NOCHE, N.º 2133 - 1.2.12
Título original: Mistress, Mother… Wife?
Publicada originalmente por Mills & Boon®, Ltd., Londres.

I.S.B.N.: 978-84-9010-221-3
Depósito legal: B-41397-2011
Editor responsable: Luis Pugni
Fotomecánica: M.T. Color & Diseño, S.L. Las Rozas (Madrid)
Impresión en Black print CPI (Barcelona)
Fecha impresion para Argentina: 30.7.12
Distribuidor exclusivo para España: LOGISTA
Distribuidor para México: CODIPLYRSA
Distribuidores para Argentina: interior, BERTRAN, S.A.C. Vélez
Sársfield, 1950. Cap. Fed./ Buenos Aires y Gran Buenos Aires,
VACCARO SÁNCHEZ y Cía, S.A.
Distribuidor para Chile: DISTRIBUIDORA ALFA, S.A.

Capítulo 1

ERA UNO de sus pasatiempos favoritos de la tarde. Observaba a los clientes que quedaban en las mesas y en la barra, y se inventaba historias sobre ellos. Inventarse historias era lo que mejor se le daba a Anna... Eso era lo que la había mantenido cuerda durante la infancia. Aquellos mundos imaginarios eran mucho más seguros y agradables que la cruda realidad, y muchas, muchas veces, había buscado refugio en ellos.

Una vez más, como atraída por un potente imán, se fijó en el hombre apuesto y de rasgos duros que miraba hacia el infinito desde un rincón del local. Llevaba más de dos horas sentado en un elegante butacón color burdeos. Ni siquiera se había quitado el abrigo, y no miraba a ninguno de los otros clientes. Era como si estuviera en otro planeta, con la mirada perdida, ensimismado y atrapado entre sus propios pensamientos.

Pero había algo intenso en él que intrigaba mucho a la joven. Sin duda, aquel extraño tenía un gran potencial para convertirse en el protagonista de una apasionante historia. Tratando de ser discreta, le miró fijamente. Todavía no había podido mirarle a los ojos, pero suponía que debían de ser capaces de hechizar a cualquiera.

Un pequeño escalofrío le recorrió la espalda.

Después de mirar a su alrededor para asegurarse de que nadie la llamaba, volvió a posar sus ojos en aquel hombre misterioso. Tenía el pelo rubio, con alguna cana que otra, y parecía que ya necesitaba un corte de pelo. Todo en él denotaba riqueza y buen gusto, poder y grandeza... Sin embargo, aquella espalda ancha y bien torneada parecía soportar el peso de muchas preocupaciones. No parecía tener ganas de hablar con nadie y su cara de pocos amigos era casi una advertencia. ¿Acaso le había salido mal algún negocio? ¿Le habían engañado o decepcionado? No parecía ser la clase de hombre que dejaba pasar una traición así como así.

Anna suspiró y volvió a mirarle con atención. No... Se había equivocado. De repente el abrigo negro que llevaba puesto disipó todas sus dudas. Había perdido a alguien. Sí. Era eso. Estaba de luto, sufriendo por la pérdida de un ser querido. Era por eso que parecía tan alicaído y taciturno. Anna examinó su perfecto perfil. Era casi una impertinencia seguir especulando sobre él si había adivinado la verdad.

«Pobre hombre...».

Debía de estar destrozado.

El tercer vaso de whisky que había pedido estaba ya vacío sobre la mesa. ¿Iba a pedir otro? El alcohol nunca resolvía nada; ella lo sabía muy bien. Lo único que su padre solía sacar de la botella era más rabia de la que ya tenía.

El bar del hotel cerraba a las once y media y ya eran más de las once y cuarto. Agarrando una bandeja, se coló entre las mesas con su paso ágil de siempre. El corazón le latía sin ton ni son, lanzándole una clara advertencia.

–Siento molestarle, señor –le dijo, esbozando su mejor sonrisa–. Pero... ¿va a querer otra copa? Cerramos dentro de poco.

Unos ojos azul grisáceo tan fríos como témpanos de hielo se volvieron hacia ella. Durante una fracción de segundo, Anna pensó que le estaba bien empleado si recibía una mala contestación, pero entonces aquellos labios rígidos esbozaron una media sonrisa.

–¿A ti qué te parece? ¿Crees que necesito otra, guapa?

Había un leve acento latino en su perfecto inglés británico, pero, en cualquier caso, estaba equivocado. Ella no era guapa. De no haber sido por su larga melena pelirroja, se hubiera considerado más bien del montón. No obstante, aquel cumplido inesperado, ya fuera una burla o no, tuvo un efecto inmediato en ella. Era como si alguien acabara de encender una vela en su interior.

–Yo no puedo saber qué es lo que necesita, señor.

–Llámame Dan –le dijo él, dándole el nombre por el que todos le conocían en Londres.

Esa noche no quería oír el nombre con el que su madre lo había bendecido, Dante. Esa noche no.

Aquella repentina confianza la tomó desprevenida. Bajó la vista rápidamente, incapaz de sostenerle la mirada ni un segundo más.

–Se supone que no debemos dirigirnos a los clientes por su nombre de pila.

–¿Y siempre sigues las reglas al pie de la letra?

–Sí, si quiero conservar mi trabajo.

–Serían muy tontos si se deshacen de una chica como tú.

–Ni siquiera me conoce.

–A lo mejor me gustaría –le dijo él, esbozando una sonrisa seductora–. Conocerte mejor, quiero decir.

Aquella sonrisa traviesa impactó en el lugar deseado. Anna casi perdió el equilibrio.

–No lo creo –le dijo en un tono serio–. Lo único que quiere es distraerse un poco, nada más.

–¿En serio? ¿Distraerme por qué, exactamente? –le preguntó él, levantando una ceja.

–Distraerse para olvidar los pensamientos tristes y las cosas que le preocupan.

La sonrisa se borró de su rostro y su expresión se volvió circunspecta, defensiva... como si acabara de levantar un muro entre ellos.

–¿Y cómo sabes que estoy preocupado y triste? ¿Qué eres exactamente? ¿Lees la mente?

–No –Anna se mordió el labio inferior–. Sólo me gusta observar a la gente, y así averiguo cosas sobre ellos.

–Vaya. Qué divertido. ¿Y lo haces porque...? ¿No tienes otra cosa en que pensar? Si es así, eres una persona muy particular. Si consigues ir por la vida sin tener ni un problema...

–Yo no he... No voy por la vida sin tener problemas. Si nunca hubiera tenido problemas, entonces nunca hubiera aprendido nada, ni tampoco sería capaz de entender a otras personas. Y también sería bastante superficial, cosa que no soy.

–Vaya. Y yo que pensaba que no eras más que una simple camarera. Jamás hubiera imaginado que fueras toda una filósofa.

Anna no se tomó el comentario como un insulto. ¿Cómo iba a hacerlo? Además del profundo dolor que hacía brillar aquellos ojos invernales, aquel tono mordaz parecía esconder auténtica desesperación.

–No quiero problemas... Sólo me ha parecido un poco triste y solo, ahí sentado... He pensado que si quería hablar... Bueno, se me da bien escuchar. A veces es más fácil contarle los problemas a un extraño que a alguien conocido. Pero, de todos modos, si le parece una impertinencia por mi parte, y prefiere tomarse otra copa, se la traigo enseguida.

El hombre encogió un hombro un momento, haciendo un gesto de indiferencia.

–A mí no me van mucho las confesiones y, si te ha parecido lo contrario, entonces debo decirte que estás perdiendo tu tiempo. ¿Cómo te llamas?

–Anna.

–¿Sólo Anna?

–Anna Bailey –al pronunciar su propio nombre Anna sintió que un frío sudor le recorría la piel.

¿Acaso iba a ponerle una reclamación o algo así? Su intención no había sido molestarle. Sólo había querido ofrecerle su ayuda. ¿Era un cliente lo bastante importante como para hacerla perder su trabajo?

Anna rezó en silencio.

Aquel hotel acogedor y coqueto, propiedad de una familia, estaba situado en un rincón tranquilo de Covent Garden. Había sido su hogar durante más de tres años. A veces tenía que trabajar hasta tarde, pero eso a ella no le importaba. Sus jefes eran gente amable y acababan de subirle el sueldo; nada que ver con los empleos mal pagados y precarios en los que había estado antes.

Lo último que quería era tener que volver atrás.

–Mire, señor...

–Te dije que me llamaras Dan.

–No puedo hacer eso.

–¿Por qué? –le preguntó él, algo molesto.

–Porque no sería apropiado. Yo soy una empleada y usted es un cliente.

–Pero si acabas de ofrecerme un hombro sobre el que llorar. ¿Es algo que le ofreces a todos los clientes, Anna?

Ella se sonrojó violentamente.

–Claro que no. Sólo quería...

–Entonces no quieres llamarme por mi nombre de pila porque no te gusta saltarte las normas, porque tú trabajas aquí y yo soy un cliente, ¿no?

–Creo que debería irme.

–No... Quédate. ¿Hay alguna otra razón por la que no puedas dejar de ser tan formal? ¿Tienes a un novio o a un marido esperándote en casa?

Anna le miró con ojos perplejos.

–No –se aclaró la garganta y entonces miró a su alrededor para ver si alguien los observaba.

Brian, su compañero, estaba limpiando la barra

mientras charlaba con un cliente. Una pareja de mediana edad estaba sentada en una de las mesas, tomando algo. Estaban agarrados de la mano... Un rato antes le habían hablado de la obra de teatro a la que habían asistido esa noche. Parecían tan felices... Veinticinco años casados y todavía se querían como el primer día.

Suspirando, Anna se volvió hacia aquel individuo que se hacía llamar Dan. Él la observaba fijamente. De repente la miró de arriba abajo, con descaro. El corazón de Anna dio un vuelco.

Le miró la curva de las caderas, los pechos, las piernas... Anna sintió un rastro de fuego allí donde sus ojos se posaban. No había nada provocativo en la blusa morada y la falda gris que constituían el uniforme, pero cuando él la miró así... Era como si se la estuviera imaginando desnuda, como si no tuviera donde esconderse... Un temblor emocionante corrió por sus venas al ver que él la examinaba con tanto desparpajo.

–Bueno, en ese caso... He cambiado de idea –dijo Dante, sonriente–. A lo mejor sincerarme con una chica tan dulce como tú es justo lo que necesito esta noche, Anna. ¿A qué hora terminas?

–A medianoche, después de hacer la caja con Brian –le dijo ella.

¿Cómo era posible que su voz sonara tan tranquila cuando en su interior rugía un torbellino de emociones?

–¿Y cómo sueles irte a casa? ¿En taxi?

–En realidad, me quedo aquí.

De repente las últimas defensas se vinieron abajo

y Anna ya no pudo fingir más. Aquel extraño tan apuesto y enigmático la había cautivado sin remedio. Lo cierto era que la fascinaba casi peligrosamente. Su voz sensual y aterciopelada ejercía un poderoso embrujo sobre ella, y aquellos ojos atormentados la embelesaban. Incapaz de pensar con claridad, la joven le devolvió la mirada al tiempo que recogía la bandeja redonda de madera. La asió con fuerza como si fuera un escudo.

—¿Al final va a tomar algo más? Tengo que volver a la barra.

—Esperaré un poco.

Lanzándole otra de esas miradas, Dante se desabrochó el abrigo y le dio su vaso vacío. Sus dedos ágiles la rozaron fugazmente, generando una descarga que la recorrió de pies a cabeza.

—Yo también me quedo aquí hoy, Anna. Y creo que deberíamos tomarnos algo juntos cuando termines, ¿no crees?

Anna tenía el «no» en la punta de la lengua. Apretó los labios y dio media vuelta. Las piernas le temblaban y la cabeza le daba vueltas...

Dante no sabía qué pensar. Aquellos arrebatos de emoción no tenían sentido. Acababa de llegar a Londres después de asistir al funeral de su madre, la única persona en el mundo a la que verdaderamente había querido, la única persona que siempre había estado ahí, la que siempre le había apoyado en los peores momentos...

Pero ella ya no estaba. Se había quedado solo,

con el corazón hecho añicos. Sin embargo, otra mujer también ocupaba sus pensamientos en ese momento. Por alguna razón, su cuerpo se moría por aquella pelirroja con curvas y ojos marrones que brillaban como la miel. Acababa de conocer a aquella chica, pero ya se había burlado de ella sin contemplaciones. Y ella sólo le había ofrecido un hombro sobre el que llorar...

¿Por qué se había ensañado tanto con la única buena chica que se había encontrado en mucho tiempo? Su madre se hubiera revuelto en su tumba de haber visto la soberbia con que la había tratado. Consumido por la amargura, Dante se quitó su reloj de pulsera y lo dejó sobre una mesita cercana. Después se deshizo del abrigo, tirándolo sobre la cama de cualquier manera. Aquella lana de cachemira costaba varios cientos de dólares, pero... ¿de qué servía? Su riqueza no le hacía mejor ni más generoso. No podía verse de otra manera. Todos los negocios y propiedades que había acumulado tras muchas fusiones y transacciones sólo servían para mostrarle lo despiadado y cruel que se había vuelto a lo largo de los años.

Despiadado y cruel... porque en el fondo tenía un miedo atroz a perderlo todo. Una infancia de carencias y penurias, un padre que lo había abandonado... Todo aquello le había pasado factura, lo había convertido en ese hombre que había tratado con mordacidad a la pobre chica del bar. Eran tan pobres en aquel pequeño pueblo de montaña de la Italia profunda... Su madre se había visto obligada a cantar y bailar en bares de mala muerte de una ciudad cercana para ganarse el pan. Y él se había propuesto llegar a ser ostentosamente rico; lo bastante como para no tener que pasar hambre otra vez.

El dinero iba a ser el escudo que lo protegiera del resto del mundo. De esa manera, nadie volvería a hacerle daño, ni a él ni a su madre. Y ella no tendría que volver a exhibirse delante de los hombres por dinero.

Dante se había refugiado tras su riqueza; había construido un muro de oro que protegía sus emociones, y nadie podía llegar hasta ellas. Se había vuelto frío, inmisericorde... se había quedado sin corazón.

«No me extraña que te llamen el hombre de hielo de los negocios.», le había dicho en una ocasión su exmujer, Marisa.

Al principio su madre estaba muy orgullosa de su éxito imparable. Le había comprado la casa de sus sueños a orillas del lago Como y se había asegurado de que no le faltara de nada. Pero las cosas habían cambiado con el tiempo, y cuando iba a visitarla ella se mostraba cada vez más preocupada. Después de un fracaso matrimonial y una larga lista de aventuras efímeras, Renata creía que su hijo había perdido el rumbo, el sentido de las prioridades.

Siempre le decía que lo más importante para él debían ser las personas que estaban en su vida, y no los negocios o las mansiones que se había comprado. Le amenazaba con vender la opulenta casa del lago y le decía que iba a comprarse una humilde casita de campo en las montañas si no cambiaba su actitud hacia la vida.

En esos momentos le recordaba que siempre sería la hija de un pastor de ovejas, y que no sentía vergüenza de tener que volver al punto de partida. Le decía que alguien tenía que enseñarle valores y respeto.

Dante hizo una mueca al recordar su rostro contraído y su voz quebrada. Le había dicho todo aquello en el hospital...

De repente su mente escapó de los recuerdos amargos y se volvió hacia aquella joven cautivadora que se había encontrado en el bar. Anna Bailey. Nada más visualizarla en la memoria, su cuerpo reaccionó, tensándose. Era como si alguien le hubiera echado gasolina en las venas y arrojado una cerilla ardiente encima. Agarró el reloj de pulsera y miró la hora. Levantó la mirada y clavó los ojos en la puerta, esperando. La idea de que ella no fuese a acudir a la cita ni siquiera se le pasaba por la cabeza...

Fingiendo tener que preguntarle algo, su enigmático amigo se había inclinado sobre la barra antes de salir y le había susurrado algo.

«Tómate una copa conmigo en mi habitación. Estoy en la suite del último piso. Significaría mucho para mí... sobre todo esta noche. Por favor, no me dejes en la estacada...».

Aquellos labios habían estado a un centímetro de distancia de su oreja y su aliento cálido la había hecho temblar por dentro. Aquel roce sutil e irresistible le había hecho el mismo efecto que un cóctel embriagador imposible de rechazar. Se había sentido mareada, borracha de seducción... Con el corazón desbocado, le había visto marcharse del bar.

Un rato más tarde, en la soledad de su habitación, Anna dejó escapar un suspiro entrecortado y se dejó caer en una silla, frente al tocador. Las piernas ya no la sostenían en pie. Aquel extraño misterioso se alojaba en la única suite del hotel, la habitación más lujosa y gloriosa que jamás había visto, con flamantes tapices turcos colgados de las paredes, muebles artesanales, suelo calefactado. Aquella habitación era todo un derroche de ostentación y costaba una pequeña fortuna quedarse en ella, aunque sólo fuera una noche.

Mordiéndose el labio, Anna se miró en el espejo del tocador para comprobar si su expresión reflejaba el pánico que sentía. ¿De verdad estaba contemplando la posibilidad de visitar a un cliente en su habitación? Mientras charlaba con aquella pareja que había ido al teatro, había sentido tanta envidia sana por ellos... Nunca había sido de las que se dejaban llevar por la soledad y la melancolía, pero esa noche, por alguna razón, era diferente. ¿Qué le había querido decir exactamente aquel hombre?

«Significaría mucho para mí... sobre todo esta noche...».

¿Acaso él también se sentía solo? ¿El funeral al que había asistido había sido el de un ser muy querido? ¿Su esposa, quizás?

Anna volvió a soltar el aliento bruscamente. Si alguien la veía entrar en aquella habitación, entonces sí que podía perder su trabajo. ¿Cómo era que estaba tan desesperada esa noche? ¿Cómo se había vuelto tan temeraria de la noche a la mañana? Suspirando de nuevo, fue al cuarto de baño y se echó un poco de agua fría en la cara. Regresó a la habitación principal y miró hacia la televisión. A diferencia de otras veces, la idea de ver una película o un programa no le resultaba nada apetecible, ni tampoco tenía ganas de tumbarse en la cama, a solas con sus propios pensamientos. Había sentido una conexión arrolladora con aquel hombre que le había susurrado cosas al oído, y no era capaz de sacárselo de la cabeza. A lo mejor al día siguiente ya no estaría allí...

Y entonces se preguntaría qué podría haber pasado, una y otra vez. Se quedaría con la duda para siempre, y acabaría arrepintiéndose de no haber hecho nada.

Con dedos temblorosos, se soltó el moño que se hacía para trabajar y se peinó un poco con el cepillo. Se pellizcó las mejillas para sacarles un poco de rubor y se puso unos vaqueros y un suéter verde.

«Sólo quiere hablar...», se dijo a sí misma, saliendo por la puerta.

El corazón le latía demasiado deprisa porque en el fondo sabía que quizá él buscara otra cosa... Algo que ella también deseaba... Miró hacia el ascensor que la llevaría al último piso, respiró hondo y se dirigió hacia él. El recuerdo de Dan... Aquellos ojos turbulentos la asaltaron de repente, disipando todas las dudas que pudiera tener. Que fuera rico no significaba que no sufriera como el resto de la gente. Incluso los más privilegiados necesitaban ayuda de vez en cuando.

Y ella sabía que había algo en él que lo atormentaba... profundamente.

El saludo cortés que había ensayado se le atragantó nada más abrir la puerta. Ella llevaba el cabello suelto; un río de miel que le caía sobre los hombros en cascada. Los músculos del estómago se le tensaron y la boca se le secó.

–Adelante –atinó a decirle finalmente.

Anna entró, regalándole una sonrisa fugaz, pero contundente; lo bastante como para acelerarle el corazón.

–¿Te traigo algo de beber? –Dante cruzó la roja alfombra china que abarcaba el área central de la suite y se detuvo frente al mueble de roble que contenías las bebidas alcohólicas.

–Nada, gracias. El alcohol y yo no nos llevamos muy bien. Con sólo beberme un sorbo, ya empiezo a sentirme mareada.

–¿Quieres un refresco?

–No, gracias. Sírvete tú algo. Yo estoy bien así.

Él dejó caer las manos y esbozó una sonrisa tristona.

–Creo que ya he bebido suficiente.

–¿Entonces al final decidiste no ahogar las penas en alcohol?

–Ahora que has venido a verme, Anna, prefiero no hacerlo.

Ella cruzó los brazos y Dan no pudo pensar en un color que le sentara mejor que aquel verde oscuro del suéter que llevaba puesto.

De pronto, el crudo dolor de la pérdida que acababa de sufrir lo recorrió por dentro como un relámpago. Se había quedado solo... solo con su dinero, y con aquellos pensamientos que tanto lo atormentaban; pensamientos que le confirmaban que no era una buena persona.

Ésa era la verdad. No se merecía el cariño y el aprecio de nadie. ¿Acaso no lo había abandonado su propio padre? A lo mejor alguien tan egoísta como él merecía quedarse solo.

—No me gusta cuando pones esa cara —le confesó ella suavemente.

—¿Qué cara?

—Como si te odiaras a ti mismo.

—Ya veo que no hay forma de esconderse de ti —le dijo él en un tono un tanto incómodo.

—Sólo quiero ayudarte si puedo.

—¿En serio? ¿De verdad quieres ayudarme?

—Claro. ¿Por qué crees que he venido? ¿Quieres hablar de ello?

—No. Hablar no es lo que necesito en este momento.

Capítulo 2

LENTAMENTE, la agarró de la mano. Sus ojos, tan intensos y etéreos, la tenían prisionera.

–¿Qué quieres entonces? –le susurró ella, incapaz de pensar más allá de los atronadores latidos de su corazón–. ¿Qué necesitas?

–Te necesito a ti, Anna... Ahora mismo te quiero y te necesito a ti.

En ese momento, las palabras se hicieron innecesarias. Él deslizó los dedos por su cabello, sujetándola para darle un beso. El tacto de sus labios hizo saltar una chispa inesperada, inimaginable...

Ella siempre había pensado que aquellos deseos, aquellas fantasías apasionadas con las que soñaba jamás se convertirían en realidad... Pocas veces se había dejado acariciar por un hombre, y la experiencia nunca había estado a la altura. Lo único que había sentido era una vulnerabilidad exacerbada, un miedo primario a terminar sola y abandonada, despreciada hasta el fin de sus días. Pero, en ese momento, mientras aquel hombre enigmático invadía su boca con la lengua, el sabor la embriagaba como nunca.

Aparte de la pasión, el fervor y el deseo más animal, Anna era capaz de sentir la rabia, la desesperación, el dolor... Pero no dejó que esas emociones la asustaran, porque ella sentía algo parecido. Había tenido demasiado miedo de dejarlas aflorar, y por fin había llegado el momento. Por ese motivo entendía muy bien el tumulto de sensaciones que corría por sus venas, lo bueno y lo malo, el dolor y el placer... Aunque no conociera todos los detalles, sí entendía bien aquello por lo que estaba pasando.

Apretada contra su pecho cálido y duro, podía oler su tenue aroma almizclado y varonil con unos toques de una fragancia fresca. Él le desbordaba los sentidos y saciaba aquella sed que jamás había creído posible satisfacer; la amaba como nunca había creído que podría ser amada. Aferrándose a sus potentes bíceps para no caerse, Anna le devolvió toda aquella pasión... En su cabeza se oía el eco de aquel consejo que su madre le había dado y que nunca había olvidado.

«Entrégate a alguien que ames...», le había dicho.

Ya en la cama, se quitaron la ropa con manos temblorosas, desesperados por sentir la piel contra la piel, y se comieron a besos. Dante sabía que aquello era una locura transitoria, pero no se arrepentía de haberla invitado a su habitación. Ella era la primera cosa buena que le ocurría desde hacía mucho tiempo y no estaba dispuesto a cuestionar su buena fortuna. Aquel olor embriagador de su cuerpo de mujer ya corría por sus venas, y le hacía arder de deseo. Su melena de fuego, extendida sobre la almohada, era una visión que no olvidaría con facilidad. Rápidamente empezó a acariciarla, deslizando las manos por todas las curvas de su cuerpo femenino y exquisito. Los jadeos que ella emitía lo volvían loco y le hacían olvidar todo lo demás. Se moría por estar dentro de ella, dejarse llevar por la gloriosa química que había surgido entre ellos, alejarse de la oscuridad que parecía perseguirle sin tregua.

Poco a poco bajó las manos y empezó a acariciar su sexo. Ella se puso tensa un instante, así que prosiguió acariciándole la cara. De repente recordó un deber que no podía olvidar.

–Lo siento, Anna... Debería tomar precauciones. ¿Es eso lo que te preocupa?

–No pasa nada –dijo ella, suspirando. Sus ojos lo miraban con timidez–. Ya las he tomado yo. Estoy tomando la píldora.

Durante un instante interminable, Dante se perdió en su mirada incandescente, y entonces la besó. La caricia la calmó un poco. Pero él ya no podía aguantar más. Lenta y cuidadosamente, entró en su sexo y se dejó envolver por un manto de calor.

Los ojos color miel de Anna relampaguearon de repente y Dante vio un destello de miedo en ellos. Pero estaba demasiado excitado como para preocuparse por eso. Rápidamente su cuerpo tomó la cadencia que lo llevaría a la cumbre del éxtasis, al momento de liberación que tanto ansiaba, después de una noche de tormento. La felicidad sería suya, aunque sólo fuera por un corto espacio de tiempo. Todo el dolor se esfumaría durante unos minutos...

Aquella fuerza arrolladora tomó por sorpresa a Anna. Él se movía sobre ella, golpeándola con las caderas en cada embestida, cada vez más poderosas y salvajes. Enroscó las piernas alrededor de su cintura hasta tenerle tan adentro que ya no sabía si eran dos cuerpos o uno solo, con dos corazones latiendo al unísono. Se había entregado a él sin la más mínima duda, sabiendo que era lo correcto... lo que estaba escrito, incluso.

¿Acaso él se asustaría si supiera que era eso lo que sentía? Sólo era una chica a la que acababa de conocer; una chica del montón, tan corriente que probablemente jamás se hubiera fijado en ella en otras circunstancias...

En la aterciopelada oscuridad, sus potentes músculos se movían como piezas de acero bajo los dedos temblorosos de la joven. Su respiración era jadeante, entrecortada, mientras la devoraba a besos, en la boca, en los pechos... Empezó a chuparle un pezón y después otro, y entonces ella ya no pudo reprimir más el gemido que tenía en la garganta. Cuando él volvió a incorporarse para atrapar sus labios con otro beso profundo e intenso, ella sintió que algo se desplegaba en su interior, algo que estaba fuera de control. Al principio se puso tensa para contener la sensación, pues aún se sentía vulnerable y expuesta. Sin embargo, en ese momento levantó la vista hacia él y, al encontrárselo sonriendo, ya no pudo aguantar más.

Dejó que aquella fuerza elemental y poderosa la arrasara por dentro, recorriendo los rincones más inesperados de todo su cuerpo. Apenas podía respirar mientras hacía ese viaje a contrarreloj. Era como arrojarse a una cascada interminable. Aturdida y perpleja, Anna no sabía distinguir los latidos de su corazón del zumbido de su cabeza. Las lágrimas afloraron a sus ojos y entonces tuvo que morderse el labio para sofocar los gritos que nacían de su garganta.

En ese preciso instante supo que lo que acababa de ocurrir la cambiaría para siempre. Ni siquiera su madre, con todos sus consejos sabios y bienintencionados, podría haberla preparado para las poderosas emociones que la inundaron al rendirse ante aquel hombre. Le miró a los ojos, extasiada. Él se hundió más adentro, sujetándola contra la cama, manteniéndola ahí durante unos segundos eternos. Aquellos ojos neblinosos que tanto le recordaban a una tormenta en el mar se clavaron en ella y la abrasaron por dentro. La cruda emoción que revelaban atravesó el corazón de la joven.

Aunque estuvieran realizando el acto más íntimo de todos, él seguía solo, aislado. Era como un faro en mitad de un negro mar. Ella deseaba nadar hasta él y alcanzarle... De repente un grito primario brotó de su cuerpo viril, como si le saliera del alma, y entonces un estremecimiento lo sacudió de pies a cabeza.

Un chorro de calor la inundó por dentro.

—Anna... —le dijo él, sujetándole las mejillas con ambas manos y sacudiendo la cabeza como si ella fuera un enigma que no era capaz de resolver.

Apoyó la cabeza entre sus pechos. Anna se secó las lágrimas y le estrechó entre sus brazos, acariciándole como si fuera un niño herido.

—Está bien —le dijo—. Sea lo que sea lo que te ha puesto tan triste, se pasará con el tiempo. De verdad lo creo así. Algún día volverás a disfrutar de la vida.

–Si lo sabes con tanta certeza, entonces estás muy lejos del lugar en el que yo me encuentro ahora. Y si sigo como estoy, me alejaré aún más.

Su aliento cálido le acarició la piel igual que un beso al aire. Su barba de mediodía le arañaba el pecho. Pero fue su tono de voz de auténtica desesperación lo que angustió más a la joven.

–No puedes rendirte –le dijo, deslizando las manos por sus pómulos bien formados y forzándole a mirarla a los ojos.

–No malgastes tus buenos consejos conmigo, Anna. Estoy bien. Sobreviviré... Siempre lo hago.

–¿Pero no crees que puedes hacer algo más en la vida que sobrevivir?

–Espero que tú sí puedas hacerlo. Te lo mereces. De verdad.

–A mí también me han ocurrido cosas malas, cosas tristes –le dijo ella con timidez–. Y no te hablo de la infancia. Después de un par de años malviviendo con trabajos miserables, encontré uno que me gustaba mucho y que se me daba muy bien. Pero perdí el puesto cuando un magnate de la hostelería compró el negocio y trajo a su propia plantilla. Pero yo no me hundí. No tuve elección. Tenía que hacerle frente a las cosas y enfrentarme a lo desconocido. Por suerte, el destino me trajo aquí, al Mirabelle. A veces la ayuda llega cuando más la necesitas, ¿sabes?

–A lo mejor sí, si te la has ganado.

–Me gustaría que me dijeras qué te ha pasado para que estés tan triste. Como ibas de negro, pensé que quizá habías perdido a alguien.

Dante guardó silencio durante unos segundos, y entonces suspiró.

–Ya te dije que no soy amigo de las confesiones. Pero ahora no estoy triste, *cara*... ¿Cómo podría estarlo estando en tus brazos, sintiendo los latidos de tu corazón bajo la mejilla, habiendo disfrutado de todos los placeres y el consuelo que me ofrecía tu maravilloso cuerpo?

Anna se sonrojó fuertemente.

–Si te he dado algo de consuelo, entonces estoy satisfecha. Pero creo que ya debo irme. Debo volver a mi habitación y descansar un poco... Mañana empiezo temprano.

–¿Entonces haces otras cosas aparte de trabajar en el bar?

–Sí. Hago un poco de todo. Estoy aprendiendo el negocio. El hotel lo lleva una familia y todos echamos una mano. Por las mañanas limpio las habitaciones –le dijo, sonriendo con algo de vergüenza.

–Quédate –le dijo, enredando los dedos en su copiosa melena pelirroja–. Quiero que te quedes hasta por la mañana. ¿Harías eso por mí, Anna? No puedo prometerte nada más que esta noche, pero te prometo que te abrazaré con fuerza hasta el amanecer. Si es suficiente, si estás dispuesta a aceptar sólo eso... ¿te quedarás?

Cinco años más tarde

Anna entró corriendo en la enorme cocina del hotel. Se quitó el chubasquero a toda prisa y miró a su alrededor. Estaba buscando a Luigi, el jefe de cocina. Lejos del estereotipo rechoncho de los cocineros, Luigi era alto y más bien flacucho, con una barbilla pronunciada y una melena corta, negra y rizada, que solía llevar en una coleta al final de la nuca.

Por suerte, Anna lo localizó enseguida. Estaba pesando ingredientes sobre una de las encimeras de acero y silbando un aria de una conocida ópera.

–¿Ha llegado el pedido? –le preguntó sin aire–. Hablé con el gerente de la tienda y me dijo que la furgoneta ya había salido. ¿Ha llegado ya?

Luigi se dio la vuelta y lo primero que hizo fue mirarla de arriba abajo.

–¿Has desayunado? –le preguntó, meneando el dedo índice–. Creo que no. ¡Pero vas por ahí corriendo como si pudieras vivir a base de aire!

–En realidad me tomé un cruasán mientras esperaba al gerente.

Cruzando los brazos sobre el chubasquero empapado, Anna le lanzó una mirada desafiante a Luigi. Siempre se preocupaba mucho, pero ella ya no era la inocente chica de veinticuatro años que había empezado a trabajar en aquel hotel años atrás. Tenía treinta y dos años y era la encargada y mano derecha del gerente del negocio. Había aprendido a cuidar de sí misma.

–¿Un cruasán? ¿Y cómo esperas sobrevivir hasta la hora de la comida? ¡Un cruasán no es más que puro aire!

–No fue sólo aire. Tenía albaricoques y relleno dentro. Me llenó mucho y estaba muy bueno –Anna suspiró con paciencia y esbozó una sonrisa–. Bueno, ¿me vas a decir si ha llegado el pedido? Anita espera a toda una delegación para la comida y todo tiene que estar perfecto.

Luigi levantó las manos e hizo un gesto dramático.

–¿Y crees que no lo estará? ¡A estas alturas ya deberías saber que Luigi no sabe hacer las cosas de otra manera que no sea perfecta!

–Tienes razón. Lo sé.

–Y, sí. El pedido ha llegado. Y las aceitunas negras están deliciosas, como siempre.

–Qué alivio. Entonces, todo va bien, ¿no? Bueno, quiero decir que no hay ningún problema, ¿no?

Anna se giró hacia Cheryl, la mano derecha de Luigi. Ella y sus tres ayudantes de cocina corrían de un lado a otro. Anita y Grant, los dueños del hotel, eran muy profesionales y estrictos, pero también intentaban fomentar el buen ambiente entre los empleados, y era ése el motivo por el que Anna se había quedado en el Mirabelle.

Cuando se había quedado embarazada no la habían echado del trabajo, sino que le habían dado todo su apoyo, y le habían ofrecido el pequeño apartamento de dos dormitorios que estaba en el sótano del hotel. También la habían ayudado a encontrar una buena guardería para su hija y la habían animado a hacer un curso de gestión y administración de empresas, con la idea de ascenderla y darle un mejor salario. Por todo ello, Anna les estaba profundamente agradecida.

–Todo está bien en la cocina, Anna –Cheryl asintió con la cabeza, pero entonces se mordió el labio–. Aunque no podemos evitar preguntarnos por qué Anita y Grant van a recibir a una delegación de una de las cadenas de hoteles más prestigiosas de todo el país. ¿Tú sabes algo?

Anna sintió que le daba un vuelco el estómago. Esa tarde Anita y Grant habían quedado con ella para hablarle de algo importante, y llevaba toda la noche y la mañana preguntándose de qué se trataba. Aquel hotel con encanto situado en un edificio de estilo georgiano estaba en un rincón muy atractivo de Covent Garden, pero Anna también sabía que la crisis económica se había hecho sentir en el número de reservas.

¿Acaso iban a venderle el hotel a un gigante hotelero? ¿Perdería su trabajo nuevamente? ¿Y su casa?

Al ver la ansiedad en la cara de Cheryl y en las del resto de empleados, supo que tenía el deber de tranquilizarlos un poco.

–En realidad no sé nada al respecto. Os aconsejaría que os centrarais en el trabajo y que no perdáis el tiempo con especulaciones. No serviría de nada. Si hay algo que nos concierna y que debamos saber, sin duda nos enteraremos pronto. Bueno, ahora tengo que seguir trabajando. Tengo que relevar a Jason en recepción. Está cubriendo a Amy, que está enferma.

El tiempo se dilató agónicamente mientras los tres miembros de la delegación disfrutaban de los tres platos que Luigi les había preparado. Después, los dos hombres y la mujer que los acompañaba se encerraron en el despacho con Anita, Grant y su hijo Jason, el gerente del hotel, durante más de dos horas y media. Anna nunca había estado tan pendiente del reloj como ese día.

Eran las cinco menos cuarto cuando el teléfono de recepción sonó. La llamaban al despacho de Jason. Linda, la chica que se quedaba en recepción por las noches, acababa de llegar. Estaba sentada junto a Anna, empolvándose la nariz.

Sin perder más tiempo, Anna se dirigió al despacho y se detuvo un momento ante la puerta. Se alisó la falda, se arregló la coleta y llamó a la puerta. Los tres la recibieron con una efusiva sonrisa, pero ella no tardó en percibir que las cosas no iban bien.

–Querida Anna. Ven y siéntate, cariño –le dijo Anita con el mismo afecto de siempre. Su rostro terso y sin arrugas desmentía los sesenta años que estaba a punto de cumplir.

–Primero, debes saber que la comida que Luigi les preparó a nuestros invitados fue todo un éxito. Se quedaron muy impresionados.

–Ese hombre cocina muy bien –dijo Grant, el esposo de Anita–. ¡Casi le perdono que tenga un ego tan grande como el de un elefante!

Anna se dio cuenta de que Grant estaba bastante nervioso. Se sentó en el borde de una silla y trató de ignorar el nudo que se le había hecho en el estómago. Buscando algo de tranquilidad, miró hacia Jason. Éste trató de esbozar una sonrisa, pero lo único que le salió fue una mueca de resignación. Todas las alarmas empezaron a sonar en la cabeza de Anna.

–Bueno... –entrelazó las manos sobre el regazo y se inclinó hacia delante en la silla–. ¿A qué vino la delegación de esa cadena de hoteles? ¿Ocurre algo?

Anita quiso decir algo, pero Grant la interrumpió.

–Sí, cariño –suspiró.

Se sacó un pañuelo del bolsillo y se secó la frente.

–Tenemos graves problemas económicos, me temo. Al igual que muchos otros pequeños negocios, la recesión nos ha dado un buen golpe, y seguro que te das cuenta de que estamos perdiendo dinero por todos lados. Has notado que han bajado mucho las reservas, ¿no? Ahora mismo sólo contamos con los clientes habituales básicamente. Si queremos hacerles competencia a los hoteles más conocidos, tenemos que invertir y renovarnos, pero no hay dinero y los bancos no prestan, así que no creo que eso vaya ser posible. Por todo esto, nos vemos obligados a buscar otro tipo de ayuda.

–¿Eso quiere decir que vais a vender el hotel?

Anna sintió que la cabeza se le llenaba de sangre de repente. Lo único en lo que podía pensar en ese momento era en su pequeña Tia. ¿Cómo iba a mantener a su hija si perdía su empleo?

¿Y dónde iban a vivir?

–Nos han hecho una oferta por el hotel, pero todavía no hemos aceptado. Les dijimos que este hotel ha pertenecido a nuestra familia durante más de tres generaciones y que teníamos que pensarnos las cosas un poco –dijo Anita, sonriendo con tristeza–. Tenemos que ponernos en contacto con ellos al final de la semana. Si accedemos, entonces ninguno de nosotros podrá quedarse. Quieren renovar el hotel por completo, darle otro aire totalmente distinto, y meter a su propio personal. Lo siento muchísimo, Anna, pero no podemos hacer otra cosa.

Anna se quedó en silencio durante unos segundos, intentando asimilar todo aquello. La cabeza le daba vueltas a toda velocidad.

—Estáis en una situación muy difícil —les dijo finalmente, esbozando una sonrisa de solidaridad para con la familia que tanto la había ayudado—. Y no es culpa vuestra que el país esté como está. Los empleados encontraremos otro trabajo, pero ¿qué vais a hacer vosotros? Este hotel ha sido de vuestra familia durante mucho tiempo y sé que no queréis perderlo. Sé que no.

—Te agradezco que te preocupes por nosotros, cariño.

Grant se encogió de hombros.

—No será fácil, pero estaremos bien. Nos tenemos los unos a los otros, y eso es lo que más importa al final, ¿no? La gente a la que quieres...

El esposo de Anita no estaba acostumbrado a expresar sus sentimientos en público, pero en ese momento tomó la mano de su esposa y le dio un pequeño apretón.

—Y haremos todo lo que podamos para ayudarte a encontrar otro apartamento, Anna. Desde luego no vamos a salir por esa puerta hasta que sepamos que Tia y tú tenéis donde vivir. En cuanto a lo del trabajo... Bueno, con toda la experiencia y el currículum que tienes, los hoteles deberían pelearse por ti. Eres una chica encantadora y muy valiosa... Pronto se darán cuenta.

–¿Entonces al final de la semana nos diréis lo que habéis decidido?

–A lo mejor antes... Anita, Jason y yo nos vamos a pasar la tarde discutiendo el tema. En cuanto hayamos decidido algo, os lo haremos saber a todos.

Grant se puso en pie y esbozó una sonrisa franca.

–Son las cinco. Ya tienes que ir a buscar a la preciosa Tia, ¿no?

Anna miró su reloj de pulsera y se puso en pie de un salto. Odiaba llegar tarde cuando tenía que recoger a Tia. Además, como siempre, estaba deseando darle un abrazo y preguntarle cómo le había ido el día. Esa noche, después de conocer el futuro incierto que les esperaba a las dos, sin duda la estrecharía entre sus brazos con más fuerza que nunca y la colmaría de besos antes de arroparla en su camita.

Capítulo 3

DANTE estaba frente a la ventana de su apartamento, contemplando el río Támesis a la luz del sol. De repente se alejó con brusquedad y arrojó el teléfono móvil contra la cama. Acababa de volver de un viaje a Nueva York, estaba cansado y aturdido, pero la conversación que acababa de tener con un colega amigo suyo había sido como una dosis de cafeína en vena.

El hotel Mirabelle... Aquél era un nombre que jamás olvidaría, ni en un millón de años. Ya habían pasado cinco, pero lo tenía bien presente. La familia que llevaba el negocio estaba en serios problemas económicos, al parecer, y se habían visto obligados a considerar una oferta de la cadena de hoteles en cuyo equipo directivo estaba su amigo Eddie. El edificio estaba situado en un lugar privilegiado, en el centro de Londres y, según le había dicho Eddie, el negocio podría haber sido redondo. Sin embargo, acababa de oír que los dueños habían rechazado la oferta, sorprendentemente. Tenían esa idea anticuada de que el negocio debía permanecer en manos de la familia, pasara lo que pasara.

Eddie se había mostrado estupefacto y había criticado sin piedad a la gente que, en sus propias palabras, se dejaba llevar por el corazón, y no por la cabeza.

«¿Aprenderán alguna vez, Dante? ¿Tú qué crees?», le había preguntado.

«¿Te apetece intentarlo? No dudo que el sitio es una mina de oro en potencia».

Había quedado con Eddie para tomar una copa y después había colgado el teléfono, pero ese último comentario le había hecho un nudo en los pensamientos. Aquella noche extraordinaria que había pasado en aquel pequeño hotel le había cambiado la vida...

Un auténtico ángel le había dado el valor que necesitaba para hacer cosas buenas en vez de seguir castigándose y practicando el egoísmo. No sólo sus metas habían cambiado, sino también su forma de hacer las cosas, sin tanta crueldad y ambición. Si su madre hubiera vivido para verlo, sin duda se hubiera llevado una gran alegría al ver el rumbo que había tomado la vida de su hijo.

Aunque aún formara parte de la junta directiva de varias empresas, había vendido casi todos sus negocios y se había especializado en ofrecer asesoramiento profesional para la creación y el mantenimiento de nuevas empresas. También había vuelto a adoptar el apellido de su madre y había abandonado el nombre inglés con el que se había dado a conocer en el mundo de los negocios. Había vuelto a ser Dante Romano, y era maravilloso sentirse tan auténtico. Los amigos como Eddie seguían llamándolo Dan, pero eso no tenía importancia. Era un buen diminutivo de Dante.

El hotel Mirabelle...

Dante se dejó caer sobre la enorme cama de matrimonio y agarró el teléfono. ¿Qué habría sido de aquella preciosa muchacha con la que había pasado aquella noche?

Anna Bailey...

Los recuerdos de aquella velada tan singular se colaron entre sus pensamientos como una caricia de seda. Cerrando los ojos, casi podía sentirla de nuevo. Incluso recordaba su perfume... era algo almizclado, con un toque de naranja... Aquel aroma estaba en su cabello, en su piel dorada... Adentrándose en los recuerdos, Dante volvió a sentir el sabor de aquellos labios sonrosados y voluptuosos, labios que había deseado besar desde el primer momento. Aquella experiencia había sido toda una revelación... No hubiera podido ser mejor o más perfecto. Durante un momento interminable, se había sentido borracho de deseo por ella... aquella joven de la noche que había acudido en su ayuda, rescatándolo y sacándolo a luz.

Abrió los ojos de golpe. ¿Por qué el Mirabelle? De entre todos los negocios que tenían problemas en tiempos de crisis... Una cosa era cierta... No podía dejar pasar una oportunidad como ésa.

Había pasado otra noche en vela. La colcha y la almohada habían salido volando durante la noche y aún seguían en el suelo. Su cama se había convertido en un infierno, en lugar de ser el refugio que tanto necesitaba. Y cuando se había levantando por fin, la había pagado con Tia.

Nada más ver aquellos luminosos ojitos grisáceos, llenos de lágrima, se había sentido de lo más culpable. La había tomado en su regazo, la había besado, abrazado y le había dicho que lo sentía unas mil veces.

–Mamá no ha querido gritarte, cielo –le había dicho–. Lo siento, pero es que estoy un poco agitada.

–¿Qué significa «agitada»? –le había preguntado la niña mientras jugaba con un mechón de pelo de su madre.

–Ya te lo explicaré cuando vuelvas del colegio, cariño –le había dicho, rezando porque al final olvidara preguntárselo.

Los Cathcart le habían dicho que habían rechazado la oferta inicial y esa mañana, nada más entrar por la puerta, se había enterado de que estaban valorando una nueva propuesta. Se trataba de un comprador independiente que había sido informado por un miembro de la delegación de la cadena hostelera que les había hecho la primera oferta de adquisición. Nada más oír las noticias, Anna había sentido algo parecido a una montaña rusa, corriendo por dentro de su estómago. Una vez más, la posibilidad de perder su empleo y su hogar era dolorosamente real.

–Tus padres me dijeron que hay un inversor que está interesado en ayudaros a mejorar las ganancias y a renovar el negocio. ¿Qué quiere decir eso exactamente? –le había preguntado Anna a Jason al salir del despacho de sus padres.

–No te preocupes, Anna. Son buenas noticias. Una buena inversión es justamente lo que necesita el Mirabelle. Lo único que esperamos es que este hombre esté dispuesto a hacer una buena inyección de capital para revitalizar el negocio. Él va a ser el accionista mayoritario, pero no será el único dueño. He estado investigando un poco sobre él y su currículum es impresionante, por decirlo de alguna manera. Tiene negocios por todo el mundo, pero parece que está especializado en el asesoramiento de pequeños empresarios. Si aceptamos su oferta, significará que nos quedamos al frente del hotel, pero contando con su asistencia y su experiencia. Tendremos la oportunidad de pasar a otro nivel... incluso con esta crisis.

Jason le abrió la puerta de su propio despacho y entró tras ella. Iban a tomarse el café allí. Apartó unos papeles de su atestado escritorio y puso su taza de café sobre la mesa. Había un tono de entusiasmo en su voz que normalmente no estaba ahí.

–Cuando interviene en un negocio para mejorar el rendimiento –le dijo–, examina con cuidado todos los factores y da consejos útiles para hacerlo más rentable. Al parecer sus puntos fuertes son la resolución de conflictos y el trabajo en equipo.

Anna arrugó el entrecejo.

–Aquí no hay conflictos, ¿no? A menos que te refieras a Luigi y a su mal humor... De vez en cuando se hartan de él, pero yo creo que todos los cocineros son así, ¿no crees? Egoístas y dramáticos.

–En general creo que todos nos llevamos bastante bien, pero eso no quiere decir que no tengamos que mejorar en muchas otras cosas –le dijo Jason, yendo de un lado a otro.

Parecía muy entusiasmado con la idea.

–Este hombre parece ser todo un especialista en mejorar el rendimiento de un negocio. Antes de reunirnos con él, lo investigamos en profundidad. Por lo visto, una de las primeras cosas que hace es entrevistarse con todos los empleados para saber cómo se sienten respecto a su trabajo. Por lo visto cree que su actitud incide directamente en su desempeño laboral. Pero lo mejor de todo es que podremos quedarnos aquí, haciendo lo que más nos gusta. No tenemos que vender y marcharnos. ¿Quién sabe? Si el hotel empieza a sacar buenos beneficios, a lo mejor al final podemos recuperarlo del todo. El personal también se queda, por supuesto. Así no tendrás que buscar otro trabajo, Anna. ¿No es genial? ¡Tener a alguien como el tal Dante Romano, alguien que nos diga cómo mejorar y que invierta dinero, es lo mejor que nos ha podido pasar!

–¿Pero qué le tenéis que dar a cambio a este hombre? Quiero decir... ¿Qué saca él con esto, aparte de hacer negocio? Dudo mucho que vaya a hacer todo esto por pura bondad.

No las tenía todas consigo respecto a aquella aventura. No podía evitarlo. Todo aquello sonaba demasiado bueno para ser cierto. A lo mejor debía confiar un poco más, pero la experiencia de la vida la había enseñado a esta alerta, a desconfiar de todas las cosas bonitas, sobre todo si se trataba de un precioso regalo de Navidad que no contenía más que una caja de zapatos vacía.

El joven Jason, vestido con un traje gris que ya no parecía nuevo, se detuvo de repente.

–Claro que él también saca algo, Anna. ¡Es un hombre de negocios! Pero su interés en nosotros parece auténtico. Sé que sólo quieres proteger a mis padres, pero ellos saben lo que se hacen, y tienen mucha experiencia en la gestión de hoteles. No accederán a nada que suene remotamente dudoso... Sí. Este hombre pasará a ser el accionista mayoritario, pero no va a llevar el negocio. Ésos seremos nosotros. Además, su política implica un asesoramiento a largo plazo, así que no saldrá corriendo en cuanto haya sacado todo lo que pueda del negocio.

–Hablas como si esto fuera la respuesta a todas vuestras plegarias, Jason.

En realidad sí parecía que aquello era la solución perfecta para todos, pero Anna hubiera preferido tener que buscarse otro trabajo y un lugar donde vivir, antes que ver cómo Grant y Anita se veían obligados a cederle casi todo el negocio a un completo desconocido.

¿Y si realmente les convenía más vender el Mirabelle y empezar de nuevo en otro lugar?

–No hemos decidido nada todavía, Anna –dijo Jason con prudencia–. Pero Romano viene a comer hoy, y después tendremos una reunión en condiciones para discutir el asunto. Con un poco de suerte, esta misma tarde habremos tomado una decisión. ¿Te importaría avisarle a Luigi? Hoy tenemos que impresionar a nuestro invitado.

–Claro.

Con la taza de café en la mano, Anna esbozó una

sonrisa poco convincente y se dirigió hacia la puerta. Todavía tenía el estómago revuelto ante la incertidumbre de no saber lo que se les venía encima, no obstante. Antes de salir se detuvo un instante y miró al hijo de los Cathcart. El pobre Jason seguramente pensaba que trabajar con un tipo como el tal Romano sería todo un privilegio, y que así ganaría experiencia y haría currículum.

–Sólo quiero que sepas que haré todo lo que esté en mi mano para ayudarte a ti y a tus padres, Jason. Yo adoro este hotel y sé que todos lo estamos pasando muy mal.

–Gracias, Anna. Siempre he sabido que podía contar contigo.

Los recuerdos golpearon a Dante con toda la fuerza de un maremoto nada más entrar por la puerta y verse en aquella recepción anticuada, con sus butacones de estampados florales y los gastados sofás estilo Chesterfield de color marrón.

Después de aquella increíble noche en compañía de Anna, se había marchado del hotel a primera hora de la mañana. Se había subido en un taxi y había tomado un vuelo directo a Nueva York. La muerte de su madre lo había hecho caer en un agujero del que le había costado mucho tiempo salir. Le había llevado más o menos un año volver a ser el de antes, sobre todo porque su trabajo, su vida... todo había perdido el sentido. Anna había aparecido en el momento justo, cuando empezaba a ver un hilo de luz al final del túnel. Y gracias a ella había logrado poner en práctica aquello que solía decirle su madre...

«Eres mucho mejor hombre de lo que el mundo cree, hijo. Demuéstraselo a todos...».

Y así lo había hecho. Los Cathcart eran una pareja muy agradable, unas personas de valores sólidos en lo que respecta al trabajo y a la familia. Sin embargo, también daba la impresión de que estaban un poco anclados en el pasado y sin duda necesitaban renovarse un poco. Mientras disfrutaba de la opípara comida que les había preparado el chef, Dante se fijó en todos los detalles; las cortinas de terciopelo gastado que cubrían las ventanas del comedor, la cubertería vieja, los uniformes anticuados del personal... Después lo invitaron al despacho para discutir los pormenores de la transacción.

Mientras la señora Cathcart le servía una taza de café, Dante se puso cómodo en una mullida silla con tapicería de cuero, y se aflojó un poco la corbata. El hotel estaba en un emplazamiento privilegiado y, tal y como había pronosticado Eddie, podía convertirse en una mina de oro. A causa de una falta de fondos y a la gran deuda contraída con el banco, los Cathcart no eran capaces de sacarle todo el partido posible al negocio, y ahí era donde él podía ayudarles.

–Empezamos enseguida, señor Romano. Estamos esperando a que venga la ayudante del gerente. Más que una empleada, es casi parte de la familia, y queremos que participe de esta decisión. Llegará enseguida.

Los Cathcart y su hijo Jason esbozaron sonrisas

tensas. Dante estaba sentado frente a este último en la mesa de reuniones. El joven asía un bolígrafo y un cuaderno con dedos temblorosos.

¿Qué le pasaba? ¿Acaso le quedaba demasiado grande el puesto de gerente?

¿O acaso le resultaba difícil soportar la presión de estar a las órdenes de sus propios padres?

–¿Ella estaba informada de la reunión?

–Sí... Claro que sí. Es sólo que...

–Entonces debería llegar puntual, igual que todos los demás –dijo Dante, mirándolos a todos con un gesto inflexible.

De repente oyó que la puerta se abría a sus espaldas. Se dio la vuelta.

Una mujer con el pelo rojo fuego irrumpió en la sala. Su aroma le recordaba a una esencia de naranja...

Dante sintió que sus pensamientos se detenían en seco, igual que un conductor que tira del freno de mano para evitar un accidente. Se quedó perplejo, mirando a aquella joven con los ojos totalmente abiertos. Anna...

–Lo siento. Siento llegar tarde –dijo ella, casi sin aliento. Su piel de porcelana estaba ligeramente sonrosada–. Estaba...

Aquellos ojos marrones se clavaron en él y emitieron un destello inconfundible. Lo había reconocido. El corazón de él se aceleró de inmediato.

–Señor Romano –dijo Grant Cathcart–. Me gustaría presentarle a nuestra valiosa ayudante de gerencia y encargada del hotel... Anna Bailey.

Dante se puso en pie de inmediato y le extendió

la mano. Ella le dio un leve apretón. Su piel estaba helada al tacto, frágil, suave... Se clavaron la mirada. Parecía que ella temblaba, pero Dante estaba seguro de que él temblaba más.

–Señorita Bailey... Es un placer conocerla –dijo sin saber muy bien lo que decía.

–Lo mismo digo, señor Romano –contestó ella en un tono cortés.

Aquella voz acaramelada fue como un baño de miel para sus sentidos. Recuerdos arrebatadores de aquella noche lejana le caían encima como un aguacero de verano. Al darse cuenta de que aún le sujetaba la mano, Dante la apartó bruscamente.

–¿Por qué no vienes a sentarte, cariño? –le dijo Anita–. Sírvete un café, si quieres.

–No, gracias, Anita –dijo Anna en un tono distraído.

Bajo la atenta mirada de Dante, se dirigió hacia una silla situada al lado de Jason y se sentó rápidamente, inconsciente de sus propios movimientos. Jason la miró un instante y algo brilló en su mirada; algo que no pasó desapercibido para Dante.

¿Acaso había algo más entre ellos?

Un relámpago de celos lo atravesó de arriba abajo, justo cuando iba a sentarse de nuevo.

–Bueno, si todo el mundo está listo, empezamos ya, ¿no? –mirando a los asistentes a la reunión, Grant organizó sus notas y se preparó para comenzar.

Dante Romano...

Por fin entendía por qué le había sido imposible

encontrarlo. ¿Por qué se habría cambiado el nombre? ¿Seguiría siendo aquel hombre de negocios despiadado del que hablaban en los periódicos por aquel entonces?

En realidad nada de eso tenía importancia ya. Los Cathcart ya habían decidido que aquel hombre iba a convertirse en su salvador.

Aparte de invertir una jugosa suma en el Mirabelle, Dante Romano los tendría en su puño de acero a partir de ese momento. Se alegraba por Anita y por Grant, pero ella no podía dejar de desconfiar.

Sacudiendo la cabeza, continuó troceando pimientos rojos y verdes. Estaba preparando un revuelto de verduras para Tia y para ella. Casi había creído que se trataba de una alucinación cuando había entrado en el despacho de los Cathcart. Él la había taladrado con la mirada y, en ese momento, había creído que el mundo se iba a abrir a sus pies.

Cinco años antes, ni siquiera se había molestado en preguntarle su nombre completo. Cuando él le había pedido que se quedara esa noche, había accedido sin más, y se había prometido a sí misma que todo aquello terminaría allí. Sin embargo, al descubrir que estaba embarazada, había pensado que él tenía derecho a saberlo y había intentado buscarle. Pero al descubrir que Dan Masterson era un tiburón de los negocios, había desistido por completo. Esa noche había sido muy dulce y tierno con ella, pero no quería a un hombre sin escrúpulos en la vida de su pequeña.

Además, él le había dejado muy claro que no

buscaba nada más allá de una aventura de una noche, así que ¿por qué iba a interesarle saber que había dejado embarazada a aquella chica con la que había pasado una sola noche?

Rememorando aquellos días caóticos, Anna había caído en la cuenta de que había olvidado tomarse una de sus pastillas anticonceptivas. Por aquel entonces trabajaba muy duro, a veces hacía dobles turnos, estaba tan cansada... No se había dado cuenta de lo que pasaba hasta que las náuseas matutinas la habían tomado por sorpresa.

Tras el nacimiento de Tia, se había arrepentido un poco de su decisión y había intentado contactar con Dante nuevamente, pero no había logrado nada. Era como si se lo hubiera tragado la tierra. La única información que había conseguido sobre él eran viejas noticias. No había tenido forma de saber dónde estaba o a qué se dedicaba un año y medio después de aquel singular encuentro.

Oyó reírse a la pequeña Tia. La niña estaba en el salón, jugando con unos juguetes desmontables, intentando hacer una torre que se le caía de vez en cuando. Al oír la tierna voz de su más preciado tesoro, Anna sintió que la embargaba una ola de auténtico pánico y tristeza. ¿Qué pensaría Dan, o Dante, si descubriera que aquel encuentro de pasión lo había convertido en padre?

De pronto la joven sintió una punzada de remordimiento. Cerró los ojos con fuerza y los abrió de nuevo. Sentía arrepentimiento, pero también tenía miedo. Dante Romano era un hombre muy rico y poderoso, lo bastante como para hacer una suculenta inversión en el negocio que constituía su medio de vida. ¿Y si decidía echarla porque pensaba que no daba la talla en su trabajo? ¿Y si trataba de arrebatarle a la niña? Un hombre tan influyente como él podía hacer cualquier cosa...

Anna apagó el fuego con brusquedad y se dirigió hacia la pared opuesta. En ella había un tablón con muchas fotos de Tia.

De pronto empezó a sonar un teléfono. Anna se sobresaltó. Fue a contestar.

–¿Hola?

–¿Anna? Soy yo... Dante. Sigo en el hotel. Te fuiste corriendo después de la reunión y creo que tenemos que hablar. Tu apartamento está abajo, ¿no? ¿Te importa si me paso un momento?

Capítulo 4

ANNA se quedó en blanco al oír la pregunta de Dante. ¿Qué iba a hacer? Si le dejaba bajar al apartamento, ¿qué iba a decirle de Tia? No tenía tiempo de pensar nada.

—Me gustaría mucho hablar contigo, de verdad, pero...

—¿Pero?

Podía imaginárselo haciendo una mueca con los labios. Él sabía que le estaba dando evasivas. ¿Por qué no podía ser mejor actriz?

—Ahora mismo estoy haciendo la cena. ¿Por qué no quedamos para mañana? Vas a venir para empezar a trabajar con Anita y con Grant, ¿no?

—Preferiría hablar contigo ahora mismo, si no te importa, Anna. Estaré ahí en cinco minutos.

Colgó el teléfono. Anna se quedó mirando el auricular como si fuera una granada de cuya anilla acababa de tirar.

—Tia, vamos a tener visita dentro de unos minutos. Cenaremos en cuanto se vaya, ¿de acuerdo?

Corrió por el salón, recogió todos los juguetes en un santiamén y los puso en un rincón del sofá. Cuando él llegara haría todo lo posible por esconder sus emociones. Se escondería detrás de su máscara de encargada eficiente y trataría de manejar la situación con toda la profesionalidad posible, como si fuera capaz de hacer frente a cualquier cosa que él le dijera. No importaba que no hubiera sido capaz de mirar a otro hombre desde aquella noche; no importaba que Dante Romano le hubiera robado el corazón en un abrir y cerrar de ojos.

—¿Quién viene a vernos, mamá?

De repente Anna sintió que le tiraban del pantalón. La pequeña Tia la miraba con aquellos ojos azul grisáceo que eran idénticos a los de su padre.

—¿Es la tía Anita?

—No, cariño. No es la tía Anita —Anna se mordió el labio y trató de sonreír—. Es un hombre que se llama Dante y... es un viejo amigo mío.

—Si es tu amigo, ¿cómo es que no le he visto antes? —le preguntó la niña con una vocecilla de pena.

—Porque...

De pronto llamaron a la puerta. Anna se remangó el suéter, agarró a Tia de la mano y la llevó hasta el sofá. La hizo sentarse, se agachó delante de ella y le apartó unos cuantos tirabuzones de oro de la frente.

—No te pongas nerviosa, cielo, ¿quieres? Es un hombre muy agradable. Estoy segura de que estará encantado de conocerte.

Presa de una gran emoción, corrió hacia el pasillo y fue a abrir. Tenía un nudo en la garganta y lágrimas en los ojos.

«¿Por qué no escuchas lo que tiene que decirte antes de ponerte a llorar?», se dijo, con sarcasmo.

–Hola –aquella sonrisa victoriosa era autosuficiente y muy segura.

Anna no pudo contener la rabia que creció en su interior de repente.

–Hola –masculló a modo de saludo, esperando que no pudiera ver el rastro de las lágrimas en sus ojos–. Adelante.

¿Acaso había llegado en un mal momento? Dante la miró fijamente. Aquellos preciosos ojos marrones parecían ligeramente aguados. Era evidente que ella hubiera preferido recibirle al día siguiente, pero él no podía esperar tanto tiempo. Desde que la había visto entrar en el despacho de Grant y Anita, había deseado hablar con ella a solas, averiguar qué había hecho todos aquellos años.

Ella cruzó los brazos y se paró delante de él. Saltaba a la vista que no iba a invitarle a sentarse. Intentando no sucumbir a la sensación de rechazo que lo embargaba repentinamente, Dante miró su hermoso rostro ovalado. Aquellos ojos marrones con destellos de fuego lo miraban con recelo.

–Dijiste que querías hablar... ¿de qué?

Aquel comienzo no era muy prometedor. A Dante se le hizo un nudo en el estómago.

–Vaya recibimiento. Haces que parezca un interrogatorio –se encogió de hombros. Aquella fría bienvenida lo había dejado desconcertado.

–Es que estoy un poco ocupada.

–Cocinando, ¿no? –levantó una ceja y respiró profundamente.

–Mira... ¿cómo quieres que te reciba después de tanto tiempo? ¡Lo cierto es que eres la última persona a la que esperaba volver a ver! Que hayas aparecido de repente, porque eres el nuevo inversor del Mirabelle, es toda una sorpresa... Una sorpresa para la que no estaba preparada –arrugó los labios. Estaba perdiendo los estribos–. No sé cómo decirlo de otra manera, señor Romano... –dijo.

El tratamiento de respeto era intencionado y sarcástico.

–No quisiera resultar pretenciosa, pero creo que, pase lo que pase por aquí, nuestra relación debería permanecer en el plano estrictamente profesional.

–¿Por qué? ¿Te da miedo que pase algo parecido a lo que pasó la otra vez?

Molesto ante ese tono altivo y distante que ella había adoptado, Dante dijo lo primero que le vino a la cabeza. El problema, no obstante, era que no podía negar que la idea sí le resultaba de lo más apetecible. Eso era todo en lo que podía pensar desde que la había visto por primera vez en el despacho de los dueños del hotel.

Sonrojándose con violencia, Anna bajó la vista hacia el suelo. Cuando volvió a levantar la mirada, sus ojos rebosaban de furia.

–¡Vaya comentario soez y arrogante! Ya es bastante despreciable que me usaras para una aventura de una noche, pero presentarte aquí y dar por sentado que... Que yo... –tragó con dificultad, intentando calmarse–. Resulta que para mí es agua pasada.

Dante asintió con la cabeza.

–Claro. Agua pasada, ¿verdad? Encargada y ayudante del gerente, nada menos.

–Si estás sugiriendo que conseguí el puesto por

otros medios que no implicaran trabajo duro y esfuerzo, puedes dar media vuelta y salir por donde has entrado. ¡No pienso quedarme aquí parada, viendo cómo te burlas y me insultas!

Dante esbozó una sonrisa irónica. No podía evitarlo. ¿Sabía ella lo sexy que se ponía cuando se enfadaba? Era como si alguien hubiera prendido fuego a su torrente sanguíneo.

–No he venido para insultarte, Anna. Sólo quería hablar contigo en privado. Eso es todo.

–Te he oído gritar, mamá.

Una niña pequeña con rizos de oro salió de una de las habitaciones que daban al pasillo. Dante se sintió como si acabaran de cortarlo por la mitad con una hoja afilada. La niña le había llamado «mamá».

Anna corrió hacia la pequeña y le acarició la cabeza, mesándole los cabellos. Le agarró una manita y la apretó con cariño.

–Tia... Éste es el hombre del que te hablé. El señor Romano.

–¿Por qué lo llamas señor Romano, si me dijiste que se llamaba Dante?

Dante sonrió y la niña le miró con curiosidad y timidez.

–Hola, Tia.

Al mirar aquellos ojitos neblinosos, Dante se sintió como si ya la conociera.

–¿Te casaste y tuviste una niña? –preguntó de repente, volviéndose hacia Anna–. ¿A eso te referías cuando me dijiste que era agua pasada?

–No estoy casada.

–¿Pero sigues con su padre?

Anna sintió que las mejillas le ardían de rubor. Suspiró.

–No... No.

–Entonces las cosas no debieron de salir bien entre vosotros, ¿no? –Dante sintió que los latidos de su corazón se tranquilizaban un poco.

Estaba sola de nuevo. Debía de haber sido muy duro criar a una niña en soledad. Se preguntaba si el padre seguía en contacto y si asumía la responsabilidad que le tocaba.

Habiendo tenido un padre que les había abandonado a su madre y a él, Dante lamentó la idea de que aquel hombre hubiera podido darles la espalda a Anna y a su hija.

–Bueno, quizá... deberías entrar, después de todo –sin decir nada más, Anna dio media vuelta. Llevaba a Tia de la mano.

Sin saber muy bien qué hacer, Dante fue detrás de ella. El salón era muy acogedor. Las paredes estaban pintadas de un color muy claro y así creaban una sensación de espacio y amplitud; la solución perfecta para un apartamento en el sótano.

–Por favor –dijo ella en un tono de nerviosismo. Señaló el sofá en el que antes había depositado los juguetes–. Siéntate. ¿Te traigo algo de beber?

Había pasado de la hostilidad a la hospitalidad más cortés en cuestión de segundos. Dante empezó a sospechar de inmediato. Se sentó en el sofá.

–No, gracias –se aflojó un poco la corbata, le sonrió a la niña y entonces se inclinó hacia delante–. ¿Qué pasa, Anna? Y no me digas que no pasa nada... Porque no me lo creo. Soy demasiado perspicaz.

Anna tenía las manos entrelazadas y no dejaba de retorcérselas.

La tensión que agarrotaba los músculos de Dante aumentó un poco más.

–¿Tia? ¿Quieres ir a tu habitación un momento y buscar ese libro de colorear que estuvimos buscando hace un rato? Ya sabes cuál es, ¿no? El que tiene los animales en la portada. Busca bien y trae unas cuantas ceras también.

–¿Dante me va a ayudar a colorear, mamá? –preguntó la pequeña con esperanza.

–Claro –dijo él rápidamente–. ¿Por qué no?

Cuando Tia los dejó solos, Anna clavó su mirada en los ojos de Dante.

–Aquella noche... La noche que pasamos juntos... –se aclaró la garganta un momento, pero él no dejó de mirarla ni un segundo–. Me quedé embarazada. No te mentí cuando te dije que estaba tomando la píldora, pero, por aquel entonces trabajaba tanto que tuve un descuido y olvidé tomar una... Bueno, la niña es tuya. Lo que quiero decir es que... Lo que trato de decir es... Tú eres el padre de Tia.

Dante nunca se había desmayado, pero en ese momento creyó que iba a ocurrirle. La sensación cegadora que lo invadía debía de ser algo parecido. El tiempo seguía su curso sin piedad, pero durante unos segundos, se quedó en blanco. Los sentimientos, pensamientos... Nada existía ya. Simplemente se sentía aturdido, como si no estuviera allí. Y entonces, cuando las emociones empezaron a recorrerlo de arriba abajo, se puso en pie y miró a Anna con ojos severos e intensos. Ella le devolvía una mirada enigmática.

–¿Qué pretendes? –le preguntó él–. ¿Qué te traes entre manos? ¿Quieres sacarme dinero? ¡Contéstame, maldita sea!

Se mesó los cabellos con dedos temblorosos.

–Repíteme lo que acabas de decir, Anna, para asegurarme de que no he entendido mal.

–No me traigo nada entre manos, y no quiero tu dinero. Te estoy diciendo la verdad, Dante. Esa noche que pasamos juntos, me quedé embarazada.

–¿Y el bebé es Tia?

–Sí.

–Bueno, si eso es verdad, ¿por qué no me buscaste entonces?

–Hicimos un acuerdo –le dijo ella, tragando en seco–. Estuvimos de acuerdo en que todo terminaría esa noche... que al día siguiente seguiríamos cada uno por nuestro camino, como si nada hubiera pasado. Estabas... estabas tan alterado esa noche. Yo sabía que sentías un profundo dolor. No sabía lo que te había pasado, porque no me lo dijiste, pero me imaginé que acababas de perder a un ser querido. No estabas buscando nada serio. Lo sabía. Ni siquiera me dijiste tu verdadero nombre. Simplemente necesitabas tener a alguien muy cerca de ti, necesitabas compañía y, por alguna razón... –bajó la cabeza un momento–. Por alguna razón, me escogiste a mí.

Dante no creía que fuera a ser capaz de hablar. Tenía un nudo tan grande en la garganta que casi se asfixiaba.

–Podrías haber averiguado mi nombre completo muy fácilmente mirando el libro de reservas. Así podrías haber encontrado una dirección. ¿Por qué no lo hiciste?

Ella vaciló un momento, como si hubiera estado a punto de decir algo y entonces hubiera cambiado de opinión.

–Ya... Ya te lo dije. No lo hice porque hicimos un acuerdo. Yo quería respetar tus deseos. Eso es todo.

–¿Respetar mis deseos? ¿Estás loca? ¡No era un simple error que pudieras arreglar de un plumazo! ¿No ves lo que has hecho? Me has negado la posibilidad de ver a mi propia hija. Mi hija ha vivido sin padre durante cuatro años. ¿Nunca te ha preguntado?

–Sí... Lo ha hecho.

–¿Y qué le has dicho?

Anna puso una cara de profunda tristeza. Era evidente que le costaba mucho darle una respuesta.

–Cuando Tia me preguntó por qué su padre no estaba con nosotras, yo... Yo le dije que estaba enfermo y que se había ido para curarse. ¿Qué podía decirle si no tenía ni idea de dónde estabas? Ni siquiera sabía si la querrías.

Dante se llevó una mano temblorosa a la frente e hizo una mueca.

–¿Y de quién es la culpa de eso si ni siquiera te molestaste en buscarme?

Anna se puso más pálida todavía.

–Entiendo que quieras culparme, pero en aquel momento la decisión de no volver a vernos fue tuya, ¿recuerdas?

–Y desde que me desechaste como un simple error, ¿ha habido alguna otra persona en tu vida? –le preguntó Dante en un tono desafiante–. ¿Algún otro hombre ha hecho de padre de Tia?

–No. La he criado yo sola y he trabajado muy duro para darle una buena vida. ¡No tengo tiempo de salir con hombres!

Aquel último comentario la había hecho enfadar, pero eso no sirvió para apaciguar la rabia que él sentía. Seguía furioso con ella.

–Bueno, ahora tendrás que sacar tiempo para tener una relación, Anna. Me temo que ya no vas a poder seguir haciéndolo todo como te da la gana. A partir de ahora las cosas van a cambiar. Me has dicho de golpe que soy el padre de una niña y ahora tendrás que atenerte a las consecuencias.

–¿Qué consecuencias? –Anna se puso pálida como un muerto.

–¿A ti qué te parece? –le espetó él entre dientes, apretando los puños–. ¿Qué crees que va a pasar ahora que sé que tengo una hija? ¿Crees que me voy a ir así como así? A partir de ahora voy a ser el padre de nuestra hija y eso significa que tú y yo tenemos que regularizar nuestra situación. Por la niña. ¡No te vayas a creer que me entusiasma la idea de volver contigo! No después de descubrir esta traición. Pero no creas que me voy a marchar sin más para que puedas seguir con tu vida como si nada de esto hubiera pasado. No va a ser sólo el hotel lo que va a cambiar ahora que estoy aquí.

–No voy a impedirte que formes parte de la vida de Tia ahora que sabes la verdad... si eso es lo que quieres –respondió Anna en un tono de calma, aunque la expresión de sus ojos fuera más bien de súplica–. Pero para eso no tenemos que tener una relación. Hace cinco años me dejaste muy claro que no estabas interesado en llegar más lejos y yo lo acepté. Ahora tengo una buena vida trabajando en este hotel. Los dueños han sido muy buenos conmigo y con Tia, y yo les estoy muy agradecida por todo lo que han hecho por mí. Tal y como yo lo veo, no hay por qué cambiar nada de eso.

Dante se frotó las sienes y soltó el aliento bruscamente. A él nunca le había gustado revolver el pasado, pero en ese caso era estrictamente necesario.

–Hace cinco años trabajaba muy duro, estaba exhausto. Y entonces murió mi madre. Ella era italiana. El nombre que uso ahora es mi nombre verdadero, el nombre que me dio mi madre. Te lo digo porque la noche que nos conocimos acababa de volver de Italia, de su funeral. Entonces vivía en Nueva York, pero no conseguí un vuelo directo hasta allí, así que tuve que hacer escala en Londres. Como imaginarás, en ese momento lo último en lo que podía pensar era en tener una relación con alguien. Pero, al igual que tú con Tia, mi madre me crió sola, y yo sé lo duras que fueron las cosas para ella. Envejeció antes de tiempo, y yo me preocupaba mucho por ella. No pienso dejar que mi hija pase por lo mismo. Así es como están las cosas, así que no tienes más remedio que estar conmigo, tener una relación conmigo... Tienes que casarte conmigo.

Anna le miraba fijamente. Contemplaba aquellos

ojos tormentosos, aquel rostro hermoso... El rostro con el que había soñado tantas y tantas noches...

Trató de no dejarse llevar por las emociones. Por lo menos sentía un gran alivio de saber por fin qué lo tenía tan afligido aquella noche del pasado. De repente, volvió a sentir pena por él. Pero, si bien entendía los miedos que aquella situación le causaba, no quería casarse con él sólo por conveniencia. Dante Romano era el padre de su hija, pero seguía siendo un desconocido. Sería poco menos que temerario casarse con él, aunque en el fondo siguiera sintiéndose atraída por aquel hombre misterioso y arrebatadoramente guapo.

–Siento mucho que hayas perdido a tu madre, Dante. Entonces estabas destrozado. Pero nadie me puede obligar a casarme contigo porque eres el padre de Tia. Eso sería una locura. Ni siquiera nos conocemos bien. Y, para que lo sepas, no tengo idea de casarme con nadie. Estoy muy bien así como estoy, trabajando y cuidando de mi hija. No te voy a impedir que formes parte de su vida. De hecho me alegro de que así sea, si eso es lo que realmente quieres tú. Pero, como te he dicho antes, tú y yo no tenemos que mantener una relación para eso.

–¿Cómo que no? –exclamó él, frunciendo el ceño.

–Y hay algo más –sabiendo que estaba pisando un terreno peligroso, Anna deslizó la helada palma de su mano sobre el suéter que llevaba puesto–. Te agradecería mucho que no les dijeras nada a Anita y a Grant... por lo menos no por ahora. Es una situación muy embarazosa, y yo se lo diré, pero necesito tiempo para pensar cuál es la mejor forma de abordar el tema. Por favor, hazme este pequeño favor, y te prometo que se lo diré pronto.

–Te doy un par de días –dijo Dante con reticencia–. Pero entonces tendrás que decírselo, Anna. Tendrás que contarles lo nuestro y lo de Tia. Más te vale.

–¡He encontrado el libro y las ceras!

De repente Tia regresó corriendo y fue directa hacia Dante.

Durante una fracción de segundo él se quedó muy quieto, sin saber qué hacer. Anna se dio cuenta de que, al igual que ella, él trataba de mantener las emociones bajo control.

«Ponte en su lugar.», se dijo ella. «¿Cómo te sentirías si te enteraras de repente de que tienes una hija? Una hija de la que no sabías absolutamente nada...».

–¿Me ayudas a colorear el libro, por favor?

Al ver la cara de Dante, Anna supo que los ojos grandes y tiernos de la pequeña Tia se le habían clavado en el corazón.

–Te prometí que te ayudaría, ¿no? –tomó a la niña de la mano y dejó que ella lo llevara de vuelta al sofá.

Antes de sentarse, se quitó la chaqueta y la dejó a un lado. Sus ojos cautivadores se cruzaron con los de Anna.

–Me gustaría tomarme esa bebida que me ofreciste antes –le dijo–. Un café me vendría bien...

Capítulo 5

PARA cuando Dante se marchó, después de aceptar la invitación a cenar de Anna, ya se había ganado a la pequeña Tia por completo. Anna todavía no se creía que el hombre que estaba sentado frente a ella pudiera ser el mismo con el que había compartido aquella noche mágica cinco años antes, pero tampoco se sentía incómoda con su presencia. Además, Tia ya hablaba por los dos. La niña se lo había pasado tan bien con Dante que, por primera vez en su corta vida, había remoloneado un poco a la hora de irse a la cama. Al final había accedido con la condición de que Dante le leyera un cuento, y él había aceptado.

Él había salido de la habitación de la niña media hora más tarde, con el gesto serio y preocupado. Era evidente que trataba de asimilar una situación que no podría haber previsto ni en un millón de años. Después de todo, ella le había dicho que estaba tomando la píldora, así que... ¿por qué tendría que haberse preocupado?

Dando por hecho que él querría hablar del tema, Anna se había arriesgado a ofrecerle una sonrisa cálida al verle salir de la habitación de la pequeña, pero él no parecía dispuesto a entretenerse un rato con ella... En realidad, había sido todo lo contrario. ¿Cómo iba a decirle que no era tan despiadada como pensaba? ¿Cómo iba a decirle que sí tenía pensado decírselo todo, pero que se había echado atrás al descubrir la feroz reputación que tenía en el mundo de negocios, y que tenía miedo de que pudiera arrebatarle a la niña en cualquier momento?

Y después, cuando había intentando encontrarle de nuevo, Dan Masterson había dejado de existir; se lo había tragado la tierra.

–Mañana será un día largo. Tenemos muchas cosas que discutir y planes que hacer para el hotel –le dijo en un tono seco–. Tendremos tiempo por la noche para hablar de nuestra situación personal –le dijo. Sus ojos emitieron un destello de advertencia–. Buenas noches. Te veré por la mañana. Que duermas bien. Tendrás que estar despejada para mañana. Será un día largo –añadió, levantando una ceja de forma burlona, aunque su voz y sus gestos fueran de lo más distantes y circunspectos.

Anna se estremeció al verle marchar. ¿Seguiría insistiéndole en que se casaran? De repente sintió una punzada de incertidumbre y esperanza en el estómago. ¿Y si al final decidía que sólo quería quedarse con la niña? Un sentimiento de profunda soledad y desamparo la recorrió por dentro.

A altas horas de la madrugada todavía seguía en vela, dándole vueltas a todos aquellos pensamientos tan turbadores. No podía sacarse a Dante de la cabeza y sin duda tendría que hacer un gran esfuerzo a la mañana siguiente para no caer rendida de sueño sobre la mesa.

Él le había lanzado una clara advertencia, y no podía permitirse ni un error... No podía darle la mínima oportunidad de venganza, en caso de que fuera eso lo que él buscara.

Golpeando la almohada de pura frustración, Anna soltó un gemido de desesperación. Se obligó a cerrar los ojos y rezó por descansar al menos un par de horas antes de volver al trabajo.

–Llega tarde, señorita Bailey.

Aquella llamada de atención cortante no era de los dueños del hotel, ni tampoco de Jason, sino de Dante.

Estaba sentado a la cabeza de la mesa de reuniones, en el despacho de Grant y de Anita. Llevaba otro de esos trajes hechos a medida que tan bien le quedaban, combinado con una elegante camisa negra. La única nota de color la ponía la corbata de seda color cobalto y sus inquietantes ojos claros... ojos que atravesaban a Anna como dos rayos de luz. Ella estaba en el umbral, intentando no morirse de vergüenza ante aquella reprimenda.

Evidentemente debía de haberse pensado mejor las cosas a lo largo de la noche, y estaba claro que sí tenía intención de tomarse la revancha. Sí quería castigarla por haberle ocultado la existencia de Tia. Le estaba dejando muy claro quién era la persona que mandaba a partir de ese momento, y probablemente la haría pagar muy caro el secreto que había mantenido durante más de cuatro años.

–Lo siento. Me temo que no he dormido muy

bien hoy. Cuando por fin me dormí, ni siquiera oí el despertador.

—Tia no está enferma, ¿verdad? —Anita arqueó sus perfectas cejas.

El rostro de Dante se tensó de inmediato.

—No. Ella está bien. Es que no podía dormir. Eso es todo.

Dante relajó el gesto y se dedicó a examinar un documento que tenía delante.

—Esa clase de excusa es inaceptable, señorita Bailey —le dijo de repente—. Le aconsejo que se compre un despertador que suene más fuerte si quiere conservar su trabajo.

Anita y Grant se quedaron boquiabiertos al oír aquello. Grant se movió en su asiento y Anita le dirigió una sonrisa solidaria a Anna.

—No te preocupes —le dijo a Anna, moviendo los labios—. ¿Dante? —añadió, volviéndose hacia aquel hombre escandalosamente guapo—. Eso nos pasa todos de vez en cuando —le dijo, en un tono dulce, pero autoritario—. Y siempre llamamos a nuestros empleados por su nombre de pila, sobre todo a Anna. Tal y como te comentamos ayer, ella no es sólo una simple empleada. Es una buena amiga también.

—Y eso es precisamente uno de los problemas de los negocios familiares —le dijo Dante, cortante como el filo de un cuchillo—. Yo no desapruebo la informalidad, hasta cierto punto, pero es importante mantener el rigor en el puesto de trabajo. De lo contrario puede ocurrir que el personal empiece a aprovecharse de las circunstancias.

–¿Cómo te atreves?

Con el corazón latiendo sin ton ni son, Anna fulminó a Dante con la mirada.

–Yo jamás me aprovecharía de ellos. Se lo debo todo... Me han dado trabajo, un hogar...

Sacó la silla que estaba al lado del Jason, tomó asiento y cerró la boca rápidamente antes que se le escaparan más palabras de ira. Lo que estaba ocurriendo entre Dante y ella era algo personal, y no quería discutir su vida privada en una reunión de trabajo.

No había podido dormir la noche anterior... Dante pensó en ello un momento, ignorando aquel exabrupto temperamental. La miró a la cara y contempló sus rasgos delicados, el rubor de sus mejillas...

En realidad él tampoco había sido capaz de dormir. Acababa de enterarse de que era el padre de la niña más preciosa y encantadora que jamás había visto, y le había resultado imposible conciliar el sueño. Además, tampoco había sido capaz de sacarse a Anna de la cabeza. Ella no parecía muy dispuesta a casarse con él, y el rechazo, igual que en el pasado, era como el filo de un cuchillo, partiéndole el corazón en dos. No obstante, ella podía rechazarle todo lo que quisiera, pero no se saldría con la suya... Y en cuanto a su hija, haría todo lo posible por darle lo mejor.

Sin embargo, en ese momento tenía que ocuparse de lo más urgente; su trabajo en el Mirabelle. Tenía que revitalizar el lugar y volver a hacer del hotel un negocio floreciente. Su mente ya bullía con ideas novedosas y cambios, pero antes poner algo en práctica tenía que hacer lo que siempre hacía antes de empezar.

Entrevistar al personal...

—¿Quieres un café? —Dante agarró la cafetera y miró a Anna un momento.

Ella tomó asiento frente a su escritorio.

—No, gracias —le miró un instante y enseguida apartó la vista.

Dante contuvo la rabia que amenazaba con desbordarse de nuevo. Tenía que mostrarse lo más justo y agradable posible.

¿Ella seguiría enfadada por el pequeño desencuentro que había tenido lugar esa mañana? Por mucho que deseara caerle en gracia, esa reunión tenía que mantenerse en un plano rigurosamente profesional. Los asuntos personales tendrían que esperar hasta más tarde.

—Bien... De acuerdo. Empezamos, entonces, ¿no?

—Como quieras.

—Por Dios, ¡no tienes por qué sentarte como si estuvieras a punto de subir al patíbulo! Sólo voy a entrevistarte y a preguntarte sobre tu trabajo —Dante se mesó el cabello y trató de recuperar el compostura.

¿Qué tenía ella para volverlo loco, de deseo o de rabia?

—¿Voy a conservar mi trabajo, o tienes pensado reemplazarme con otra persona cuando hagas limpieza?

–¿Qué? –frunció el ceño, sorprendido.

Había miedo en los ojos de ella. Estaba tan claro como la luz del día.

–Quiero decir... En tu empeño por mejorar las cosas, ¿está en peligro mi trabajo?

De repente Dante recordó aquella noche apasionada que habían pasado tantos años antes. Una instantánea de aquellos momentos inolvidables irrumpió entre sus pensamientos. Recordaba que ella le había dicho que había perdido su trabajo por culpa de un empresario despiadado...

–Sólo quiero entrevistarte para saber cuáles son tus responsabilidades y deberes, y para saber si disfrutas de su trabajo. No tengo intención de echar o de reemplazar a nadie ahora, así que tu trabajo está seguro.

–Oh... –dijo ella, suspirando de alivio. Levantó una mano y empezó a juguetear con un colgante de cristal con forma de corazón que llevaba en una cadena de oro.

Dante se preguntó si se lo habría comprado algún admirador.

–Ahora que ya nos hemos aclarado, ¿te importaría enumerar cuáles son tus deberes? –le preguntó él, yendo al grano.

–Yo... sólo...

–¿Qué?

–Estoy preocupada porque es evidente que estás muy molesto conmigo por lo de Tia, y que estás empeñado en encontrar algún fallo en la forma en que hago mi trabajo, para así poder vengarte de alguna manera.

–¿Qué? –perplejo, Dante abrió los ojos todo lo que pudo–. ¿De verdad crees que recurriría a esa clase de estrategia que pondría en peligro la vida de mi hija? Piénsalo bien. Si quisiera castigarte de alguna manera, ¿no crees que eso repercutiría en mi hija también? Yo jamás permitiría algo así.

–¿Lo ves? Ahí está nuestro problema. No te conozco lo bastante como para saber de qué eres o no capaz –Anna se encogió de hombros–. Lo único que sé es que todo es muy complicado y confuso; Anita y Grant casi han tenido que vender el hotel... Y entonces apareces tú, salido de la nada. Resulta que eres el hombre que va a invertir en el hotel y que será el socio mayoritario. Y lo que es más importante, me veo obligada a decirte que Tia es tu hija. No tenía ni idea de cómo reaccionarías. Sólo pasamos una sola noche juntos. Podías haberte puesto furioso... O podrías... –su voz se quebró un poco–. Podrías habérmela arrebatado. ¿Y te preguntas por qué no podía dormir anoche?

Dante se puso en pie. La inquietud y la impaciencia no lo dejaban estar sentado.

–¿Por qué iba a querer yo arrebatártela? ¿No crees que eso sería como echar piedras sobre mi propio tejado? He podido ver que ella te adora, y tú a ella. Con lo que he visto, me ha parecido que la has criado muy bien hasta ahora. Pero sé que también necesita un padre en su vida. Necesita dos padres... y es por eso que te dije que debíamos casarnos.

–¿Por qué ibas tú a querer atarte a una mujer a la

que sólo conociste durante una noche? –le preguntó ella de repente en un tono bajo y tentativo.

–Porque fruto de esa noche nació una niña... ¡una niña que no conocí hasta ayer! –se metió las manos en los bolsillos del pantalón y se alejó del escritorio, dándole la espalda.

¿Acaso le había dado tan mala impresión que ni siquiera se había planteado la posibilidad de contactar con él? Dante se sintió repentinamente furioso. ¿Por qué se alejaba la gente de él? Primero su padre, después Anna...

–¿Dante?

Haciendo acopio de toda su compostura, se volvió hacia ella.

–¿Qué?

–No te lo dije antes porque no sabía muy bien cómo decírtelo, pero sí que traté de contactar contigo cuando me enteré de que estaba embarazada. Sí que averigüé tu nombre y te busqué en Internet.

–¿Y? –Dante la interrumpió. El corazón se le salía del pecho.

–Tenías una fama... que intimidaba bastante. Para serte sincera, me preocupé bastante. Ni siquiera sabía si te acordarías de mí, o si me creerías cuando te dijera que estaba embarazada. Bueno... –Anna apartó la vista y suspiró–. Al final decidí que era mejor no contactar contigo. Pero después de unos meses, cuando nació Tia, pensé que tenías derecho a saberlo. Seguí todas las pistas que encontré durante varios días, pero era como si te hubieras ido a otro planeta. Evidentemente ahora me doy cuenta de que te habías cambiado el nombre. Pero entonces pensé que quizá no estábamos destinados a volvernos a encontrar. En cualquier caso, no sabía nada de ti. Bien podías haberte casado y tenido hijos con otra mujer. Además... aquel día que estuvimos juntos me dijiste que sólo duraría esa noche y que tenía que aceptarlo. ¿Recuerdas?

Dante lo recordaba todo muy bien. Cuánto se había arrepentido de aquello a lo largo de los años... Había pasado largas noches en vela, pensando en ella, en tenerla en sus brazos.

Sin embargo, por aquel entonces no hubiera podido ofrecerle nada más que sexo. Estaba en un sitio demasiado oscuro al que nadie más podía llegar. Y ella no había podido encontrarle porque se había cambiado el nombre.

No podía culparla de nada. Todo era culpa suya y de nadie más.

—No podemos volver atrás ahora. Ni siquiera yo puedo hacerlo, sea como sea la fama que tengo —hizo una mueca triste—. Lo pasado, pasado está, y ahora sólo podemos mirar hacia delante. Además, no deberíamos hablar de cosas personales durante el trabajo. Hablaremos esta noche, tal y como habíamos acordado antes. Ahora mismo tengo una entrevista que hacer.

Volvió a sentarse y volvió al plano laboral automáticamente. Ésa era una técnica que había perfeccionado mucho a lo largo de los años.

La mujer que estaba frente a su escritorio guardaba silencio.

—¿Anna?

Ella pareció confusa durante unos segundos, pero entonces sonrió.

–¿Eso quiere decir que ya no vas a volver a llamarme «señorita Bailey»? –le preguntó en un tono bromista.

La expresión de su cara estaba a medio camino entre la de un ángel y la de un demonio.

Dante suspiró. Era como si acabaran de prenderle fuego a la mecha que recorría sus entrañas. De repente la recordó susurrándole algo al oído aquella noche lejana, moviéndose sobre él, besándole...

–Cuando estemos trabajando juntos, delante de otros, quizá te llame «señorita Bailey» en alguna ocasión. Cuando estemos solos... –bajó el tono de voz con toda intención–. Te llamaré Anna.

–Muy bien –dijo ella, sonrojándose.

Feliz de ver que todavía tenía el poder de ponerla nerviosa, Dante no pudo evitar sonreír.

–Seguimos adelante entonces, ¿no?

–Sí, de acuerdo –Anna se puso erguida, pero su expresión continuó siendo distante.

–¿Anna?

Ella se mesó los cabellos.

–Lo siento. Respondiendo a tu pregunta... Mi primera responsabilidad es ayudar al gerente, apoyarle para cumplir con la meta de darle el mejor servicio posible al cliente.

–¿Y cómo te llevas con el señor Cathcart? ¿Hay buena comunicación? ¿Hay algún problema?

–No hay ningún problema. Jason... El señor Cathcart y yo nos llevamos muy bien. Es una persona amable y justa... igual que sus padres.

—¿Entonces te gusta?

—Sí. Me gusta. Trabajamos muy bien juntos.

—Bien. Es bueno saberlo.

Moviendo el bolígrafo entre los dedos, Dante se dedicó a observarla durante unos segundos. Aquélla era la cara que lo había mantenido en vela durante tantas y tantas noches de insomnio. En su recuerdo, los rasgos de Anna Bailey eran perfectos; las cejas bien contorneadas, aquellos ojos marrones de pestañas largas, la nariz delgada y elegante... Había una serenidad en ella que resultaba de lo más tentadora para un hombre que había vivido deprisa.

¿Acaso Jason Cathcart la veía de la misma manera? Sin duda se había deshecho en halagos hacia ella durante su entrevista.

La afilada hoja de los celos se le clavó bajo las costillas...

¿Pretendía el hijo de los Cathcart llegar a algo más con ella? Una imagen turbadora se coló entre sus pensamientos; Jason, en compañía de Tia y de Anna.

—¿Y el señor Cathcart sabe motivar y dirigir bien al personal? —le preguntó en un tono grave.

—Desde luego que sí —un temor inesperado se apoderó de Anna—. Le entrevistaste hace un rato. Ya te habrás hecho una idea de cómo es.

—Sí —contestó Dante bruscamente—. Pero eso, obviamente, es confidencial. Bueno, ¿qué otras responsabilidades tienes?

Aunque hubiera preferido interrogarla acerca de su relación con Jason Cathcart, también sabía que no era el momento ni el lugar apropiado para adentrarse en el ámbito personal.

Dante se tragó sus inquietudes y se dedicó a escucharla mientras describía cómo era su puesto de ayudante del gerente.

No podía dejarse llevar por las emociones...

Capítulo 6

E L TIMBRE de la puerta la hizo dar un salto.
Sabía que era Dante. Le había dicho que se
pasaría a verla más tarde, cuando la niña ya
se hubiera ido a la cama. Mirando las dos copas de
vino que había puesto sobre la mesa central, se
alisó el vestido estampado que se había puesto por
encima de unos leggins negros. Lo llevaba ajus-
tado a la cintura con un cinturón verde brillante.

–Hola.

No se había dado cuenta de lo mucho que había
echado de menos aquel rostro perfecto hasta encontrárselo en su puerta de nuevo. Nada más verle, el
pulso se le aceleró. Dante también la miró de arriba
abajo con avidez.

–Adelante –le dijo ella con voz ronca, apretán-
dose contra la pared para dejarle pasar.

–Un perfume muy agradable –le dijo él en un
tono bajo.

Anna se fijó en sus ojos. Esa noche emitían ví-
vidos destellos azules, en vez de tener esa tonalidad
neblinosa que los caracterizaba.

–Sexy –añadió él.

–Gracias –dijo ella, profundamente turbada por
aquel cumplido.

–He traído un buen vino italiano –le dijo, dándole una botella–. Es un Barolo. Proviene de una región llamada Piamonte, donde se hacen los mejores vinos.

–Gracias. Tengo vino blanco en la nevera, pero si lo prefieres tinto, no hay problema. Podemos tomar uno u otro –se encogió de hombros y cerró la puerta–. No me importa –le condujo hacia el salón de la casa–. Cuando nos conocimos no sabía que eras italiano.

–Por parte de madre solamente.

–¿Y tu padre?

–Era inglés.

–Ahora entiendo por qué usabas el apellido Masterson. No tienes mucho acento italiano precisamente.

–Llevo mucho tiempo fuera de Italia.

–¿Por qué? ¿Tus padres vinieron a vivir a Inglaterra?

Los ojos de Dante se oscurecieron de inmediato.

–No. No lo hicieron. Se separaron cuando yo era muy pequeño, más pequeño que Tia en realidad.

–¿Y no quisiste quedarte en Italia?

–Bueno, basta de preguntas por ahora –le dijo él en un tono tenso.

Anna se mordió el labio inferior, avergonzada ante el arrebato de indiscreción que acababa de darle.

–¿Por qué no te sientas? –sugirió, sintiéndose cada vez más incómoda.

Él se sentó en el sofá y sus rasgos se suavizaron un poco. Se desabrochó un botón de su chaqueta hecha a medida. Debajo llevaba un suéter de cachemira. Su pelo brillaba con reflejos dorados bajo la luz de una lámpara cercana. De vez en cuando se veía una hebra de plata que lo hacía parecer más atractivo que nunca.

–Abre el Barolo –le dijo en un tono indiferente–. Fuera hace mucho frío y está lloviendo. Nos hará entrar en calor.

Aquella sonrisa casi imperceptible casi derritió el corazón de Anna. ¿Por qué le resultaba tan difícil relajarse? ¿Qué le había pasado para estar tan sumido en la penumbra?

–Muy bien. De acuerdo.

Entró en la cocina un momento y buscó el sacacorchos, aliviada de tener un momento a solas. La química explosiva de cinco años antes seguía igual que aquel día, al menos para ella.

Ya de vuelta en el salón, dejó que él sirviera las copas de vino. Ella no hubiera podido hacerlo ni aunque hubiera querido. Las manos le temblaban tanto que sin duda se le hubiera derramado. Mientras caminaba en dirección a un mullido butacón, podía sentir la mirada de Dante, siguiéndola.

–¿La niña está dormida? –le preguntó él.

–Sí.

–Me gustaría verla antes de irme.

–Claro.

–Hay muchas cosas de ella que quiero saber... Qué comida le gusta, su color favorito, sus libros predilectos.

Su mirada se perdió en la lejanía un instante y Anna contuvo el aliento. Se sentía culpable de repente.

–Deberíamos brindar –le dijo él antes de que pudiera decir nada–. Por Tia, porque tenga una vida feliz.

–Por Tia y porque tenga una vida feliz –dijo ella, bebiendo un sorbo de vino. El alcohol se coló en sus venas rápidamente, relajándola un poco–. Está muy bueno. Me recuerda a flores, violetas, para ser exactos.

–Tienes buen olfato. Barolo tiene un aroma a violetas. Podrías dedicarte a la cata de vinos.

–¿Es que voy a necesitar un cambio de profesión?

–Tu entrevista no ha estado tan mal.

–Me tranquilizas mucho –le dijo ella, incapaz de contener el tono irónico–. Hasta ahora no he tenido ni una queja sobre la forma de hacer mi trabajo.

–No tienes que ponerte a la defensiva, Anna. No tienes nada que temer de mí. No tengo intención de echarte de tu trabajo –dejó la copa de vino sobre la mesa y se puso en pie.

Se paró delante de ella.

–Deja la copa un momento –le dijo.

Presa de su hipnótica mirada, Anna obedeció. Él le tendió una mano y la ayudó a ponerse en pie.

–Ese vestido que llevas me hace daño en los ojos.

Anna sintió una ola de vergüenza.

–Sé que es un poco llamativo, pero me puse la primera cosa que saqué del armario, si te digo la verdad –le dijo, intentando ignorar su turbadora cercanía, su calor, su aroma...

–No es llamativo porque es muy colorido, sino porque lo llevas tú. Es igual de llamativo que este pelo precioso que tienes –capturó unos mechones de su pelo, se los llevó a los labios y los besó con fervor.

Anna no podía moverse. Tuvo que hacer acopio de toda su fuerza de voluntad para no sucumbir al deseo de apoyar la cabeza contra su pecho y rodearle la cintura con los brazos. Su presencia la embriagaba, casi la hacía olvidar el porqué de su visita.

–Me alegro de que no te lo hayas cortado desde la última vez que te vi.

–No... No haría eso... Pero, Dante, tenemos... tenemos que hablar –murmuró ella. Su voz sonaba aturdida, desconcertada.

–Podemos hablar como hablamos cuando nos conocimos. Podemos hablar así... ¿Te acuerdas, Anna?

Sus labios cálidos la besaron en el cuello, dejando una marca de fuego sobre su piel.

–Me acuerdo –dijo ella, derritiéndose por dentro–. Pero deberíamos, tenemos que... –dejó escapar un pequeño gemido al sentir los labios de él sobre el lóbulo de la oreja.

–¿Qué tenemos que hacer?

La agarró de las caderas y tiró hacia sí. El contorno de su cuerpo masculino, encerrado en aquel traje de sastre impecable hizo estremecerse a Anna. Hipnotizada por aquella mirada de deseo, la joven tragó con dificultad. Estaba deseando sucumbir al deseo que corría por sus venas, pero...

De repente tuvo un momento de lucidez y cordura. Se puso tensa en sus brazos.

–¿Qué querías decir cuando me dijiste que no tenías intención de echarme de mi trabajo? No me gusta cómo suena... Me hace sentir como si pudieras hacerlo si quisieras. Eso no me tranquiliza mucho, francamente. Tengo una hija que mantener y dependo de mi trabajo para vivir.

Dante la miró con impaciencia.

—Lo que quiero decir es que ya no tienes que depender de tu trabajo para mantenerte. Hablaba en serio cuando te dije que deberíamos casarnos. Y cuando estemos casados yo cuidaré de las dos.

—Haces que parezca todo tan fácil y sencillo. Yo no soy una posible inversión en la que estás interesado, Dante. Soy una persona independiente, con mis propias ideas y pensamientos, y eso incluye el matrimonio. No está bien que des por sentado que estoy dispuesta a abandonar todo por lo que he trabajado tan duro para irme con un hombre al que apenas conozco; ¡un hombre que sólo quiere casarse porque acaba de descubrir que tiene una hija!

Él la soltó de repente, mascullando un juramento, y se alejó de ella. Se mesó los cabellos y la miró con contundencia.

—¿Qué mejor razón para casarse que tener un hijo en común? Tia se merece tener a su padre. Y yo quiero que lo tenga, quiero que forme parte de mi vida. Y como persona independiente que eres, ¡no tienes derecho a negarnos eso!

—No te estoy negando que estés a su lado, pero el matrimonio no es para mí. Yo... —bajó la vista—. Me gusta tener mi independencia... Me gusta saber que mi trabajo ha dado sus frutos, y ahora tengo una oportunidad... Soy dueña de mi vida, tengo un trabajo de responsabilidad y eso me hace sentir bien.

–Un trabajo de responsabilidad... ¿Pero realmente te gusta estar sola? Criar a un hijo sola no tiene que ser fácil, por muchas oportunidades que tengas de progresar en tu trabajo. Cuando la niña está enferma, ¿no quisieras tener a alguien que te ayudara? ¿No te gustaría tener a alguien que te ayudara a tomar las mejores decisiones, por el bien de la niña? Y cuando está enferma, ¿qué haces si no puedes tomarte unos días libres en el trabajo por miedo a perderlo y quedarte sin ingresos? –regresó junto a ella.

Tenía esa mirada distante en los ojos que Anna ya conocía.

–Una vez, cuando tenía cinco años, tuve sarampión. Me puse muy enferma. Mi madre no tuvo más remedio que irse a trabajar por la tarde. Si no iba, podía perder el empleo y, ¿de qué íbamos a vivir? Le preguntó a una vecina si me podía quedar en su casa durante la tarde, pero la mujer le dijo que no porque tenía cinco hijos y no quería que se contagiaran. Mi madre me dejó en la cama. La vecina le prometió que se pasaría a verme de vez en cuando. Tenía fiebre muy alta y para cuando llegó mi madre, yo ya estaba con convulsiones. No teníamos teléfono. Salió corriendo conmigo en mitad de la noche. Fuimos al restaurante de un conocido. Desde allí llamamos al médico. Si no hubiera sido eso, probablemente no lo hubiera conseguido.

Su tono de voz era profundamente triste. Sacudió la cabeza.

–Mi madre pasó por una auténtica odisea esa noche. Si hubiera tenido a alguien que la ayudara, alguien que se hubiera preocupado por mí, no hubiera sufrido todo lo que sufrió. Y no pienso dejar que mi hija pase por algo parecido... creas lo que creas.

Sin saber muy bien qué decirle, Anna sintió una punzada de dolor por aquel niño que había sido. Aquella noche debía de haber sido terrible para su madre, la pesadilla de cualquier mujer con un niño pequeño. Antes de poder pensárselo mejor, sintió un deseo irrefrenable de tocarle, consolarle. Puso la mano contra una de sus mejillas. Su piel era aterciopelada y cálida, vibraba y rebosaba virilidad.

–Te agradezco que te preocupes tanto por Tia. Pero yo soy muy afortunada, Dante... Puede que sea una madre soltera, pero tengo amigos, gente que se preocupa por Tia de verdad, gente con la que siempre puedo contar.

–A lo mejor es así, ¡pero no tengo intención de dejar a mi hija al cuidado de amistades! Por mucho que tú confíes en ellos, Anna, así que...

Ella retiró la mano bruscamente.

–Sólo hay una solución posible para este problema, y ya te he dicho cuál es. Sólo es cuestión de hacer los preparativos necesarios. Cuanto antes mejor, creo.

Anna se sujetó los brazos con las manos; estaba temblando.

–No pienso casarme... Ya te lo he dicho.

–Bueno, en ese caso me obligas a tomar medidas que no quería tomar –le dijo Dante–. Pero las tomaré si así puedo estar con mi hija. Nos veremos las caras en los tribunales entonces, pues quiero la custodia de Tia.

Anna se sintió como si acabaran de golpearla en la cara con un puño de acero. El momento que tanto había temido había llegado. No había compasión alguna en la mirada de Dante, gélida y pétrea.

–¡No! –gritó, sintiendo el picor de las lágrimas.

Él arqueó una ceja, pero no cejó en su empeño.

–Si no quieres que nos veamos en los tribunales, te sugiero que dejes de poner objeciones y aceptes casarte conmigo.

–Eso es una bajeza. ¿Eres capaz de chantajearme para salirte con la tuya?

–Ya te lo he dicho –le dijo, encogiéndose de hombros con indiferencia–. Haré todo lo que pueda para estar con mi hija... la hija de la que me has privado durante cuatro años porque tú decidiste que alguien con mi reputación no se merecía conocerla. ¿Y todavía te atreves a mirarme a la cara y darme lecciones de respeto? –exclamó, cada vez más furioso.

–Yo no te oculté la existencia de Tia deliberadamente –exclamó Anna, intentando contener las lágrimas y mirándole con gesto suplicante–. ¿No crees que hubiera preferido tener una buena relación con el padre de mi hija? ¿Crees que yo no quería volver a verte después de aquella noche, tal y como tú mismo me pediste? Sé que fue un momento muy difícil para ti, pero no me hizo mucha gracia que desaparecieras así, sin mirar atrás. ¿Y cómo crees que me sentí cuando me enteré de que estaba embarazada? Sobre todo porque era la primera vez que... –se mordió el labio para no decir lo que había estado a punto de decir–. Estaba sorprendida, sola, asustada... Pasé por todo eso yo sola, pero no podría describírtelo siquiera.

Dante la miraba con ojos inquisitivos.

—Fue la primera vez que... ¿Qué ibas a decirme, Anna?

Anna retrocedió rápidamente y agarró la copa de vino que había dejado sobre la mesa. Bebió un buen sorbo, dejó que el alcohol le hiciera un poco de efecto y entonces levantó la barbilla.

—Fue la primera vez que me acosté con un hombre —le dijo, atravesándole con la mirada.

Él masculló un juramento en italiano. Anna volvió a colocar la copa sobre la mesa y se preparó para oír cualquier cosa. Él guardó silencio unos segundos y, cuando volvió a hablar, su voz sonaba calma y ecuánime.

—¿Me estás diciendo que nunca habías estado con un hombre cuando te acostaste conmigo?

—Sí. ¿No te diste cuenta de que no era ninguna seductora experimentada? No tenía por costumbre irme a la cama con los clientes del hotel.

—Pero conmigo fuiste puro fuego. Allí donde te tocaba, me hacías arder.

Anna intentó contener las emociones que amenazaban con volverla loca. Dante la miraba como aquella primera vez; sus ojos estaban llenos de un deseo profundo, intenso...

—Creo que aquella noche perdí la cabeza. Nunca me había comportado así con un desconocido... o con cualquier hombre.

—Los dos perdimos la cabeza, Anna —le dijo él en

un tono seductor y transigente–. Y de ahí nació la pequeña Tia. ¿Te arrepientes de haberlo hecho?

–Jamás.

–Entonces tenemos que manejar esta situación como adultos que somos, en vez de pelear como niños. El bienestar de nuestra hija debe ser lo primero.

–Quieres decir... –Anna le miró con el ceño fruncido–. ¿Todavía sigues creyendo que el matrimonio es la única posibilidad?

–Sí.

–Si es ése el camino que quieres seguir, ¿por qué no probamos primero a vivir juntos un tiempo?

–Ese arreglo es un poco inestable. No es lo que busco para Tia.

–Sin duda eso depende de cómo afrontemos la situación, ¿no? Si nos empeñamos en que funcione, vivir juntos podría ser algo tan estable como el matrimonio mismo.

–No. No es eso lo que quiero.

–¿Y si no quiero yo? ¿Me llevarías a los tribunales?

–Sí –le dijo él. Su afilada mirada no dejaba lugar a dudas.

Capítulo 7

NO ERA precisamente agradable tener que recurrir al chantaje para convencer a Anna de que se casara con él, pero la decisión de Dante se había vuelto inamovible nada más descubrir que era el padre de una preciosa niña. No había nada que pudiera hacerle cambiar de idea.

Sin embargo, no podía creerse que ella pudiera rechazarle tan fácilmente. Había conocido a muchas mujeres, y todas ellas lo consideraban un gran partido. En una ocasión su exmujer, Marisa, le había dicho esas mismas palabras exactamente.

«Eres todo un partido, Dante. Es un milagro que todavía sigas soltero y sin compromiso...».

Pero esa afirmación se había quedado en nada rápidamente. Marisa no había tardado en descubrir que lo primero en la lista de prioridades de su marido era la ambición. Ni siquiera al final de la relación había intentando recuperarla, o expresar sus emociones. Marisa se había arrojado a los brazos de otro hombre y él la había dejado ir sin más. Y para ser sincero, en aquel momento no había sentido más que alivio.

Pero la sorpresa más importante que se había llevado había sido descubrir que era el padre de una niña. Aquella verdad reverberaba en su mente, sobre todo después de enterarse de que Anna era virgen cuando se había acostado con él por primera vez.

También recordaba la chispa de miedo que había en sus ojos al yacer debajo de él; la tensión de su dulce cuerpo... ¿Qué había pensado cuando le había pedido que pasara la noche con él para después decirle que no debía esperar nada más? Ni una llamada de teléfono, ni un nombre auténtico, nada...

Cinco años más tarde, Dante tenía la certeza de que jamás la hubiera dejado escapar de haberla conocido en otro momento. Aquella exuberante melena pelirroja que le caía sobre los hombros con suavidad, aquellos ojos llenos de vida que brillaban como dos brasas... Anna era preciosa, sencilla, vivaz... Su vestido de colores, con aquel cinturón verde brillante, resaltaba su cintura estrecha, y los leggins negros realzaban sus piernas estilizadas.

Mientras la observaba, Dante se dio cuenta de que ella hacía correr la sangre por sus venas como ninguna otra, así que, aunque lo despreciara por ponerla en una situación tan difícil, haría todo lo posible por no decepcionarla tal y como había decepcionado a su ex. No le daría motivos para acusarle de indiferencia y le demostraría que podía ser el mejor padre que Tia podía tener. Nunca le faltaría de nada, porque él la mimaría, y Anna no tendría por qué estar sola. Él se encargaría de mantenerla caliente en su cama y volvería a deleitarla con la pasión más intensa.

Ella había vuelto a sentarse en el butacón, con la

copa de vino en la mano. Lo miraba con cansancio y resentimiento.

–Tendré que contarles lo nuestro a los Cathcart.

–Claro –Dante se quitó la chaqueta y lo dejó en el reposabrazos del sofá. Volviéndose hacia Anna, sonrió enigmáticamente–. Pero no te preocupes... Ya tendrán mucho tiempo para enterarse de todo.

–¿Por qué?

–Porque después de discutir los cambios que debemos llevar a cabo, voy a sugerir que cerremos el hotel durante un mes para hacer todas las renovaciones. Durante ese tiempo nos iremos al lago Como con Tia. Allí nos casaremos.

–¿Vas a cerrar el Mirabelle durante un mes?

Anna soltó la copa sobre la mesa de golpe y abrió los ojos como platos.

–¿Y qué pasa con el personal? ¿Qué pasa con sus trabajos? No pueden permitirse estar sin trabajar un mes.

–Seguirán cobrando su sueldo –dijo Dante, tensando la mandíbula.

Acababa de decirle que se la iba a llevar al lago Como de vacaciones y ella no pensaba más que en los empleados... Era realmente exasperante saber que ella no se preocupaba por él de la misma manera.

–¿Puedes permitirte algo así? –le preguntó ella.

Podría haberle dicho que podía pagarles, no un mes, sino todo un año de vacaciones, pero decidió guardar silencio. La mansión que tenía en el lago Como sería toda una sorpresa para ella y a lo mejor al verla se daba cuenta de lo rico que era su futuro marido.

Sin embargo, en el fondo no las tenía todas consigo respecto a ese plan tan superficial. En realidad él quería que Anna lo apreciara, no por su dinero, sino por ser quien era. Quería que valorara al hombre que se escondía detrás de aquel traje de mil dólares.

–Tengo muchos negocios de éxito por todo el mundo, Anna, así que... Confía en mí –gesticuló con la mano–. Preocuparse por lo que me puedo permitir o no, no tiene sentido.

Anna se quedó desconcertada al verle enojado. ¿Acaso había herido su autoestima al preguntarle si se lo podía permitir?

No obstante, en ese momento tenía cosas más inquietantes de las que preocuparse. Las cosas se estaban moviendo a un ritmo vertiginoso y había algo que la preocupaba sobremanera. La insistencia de Dante respecto a lo del matrimonio la hacía sentir como si quisiera controlarla, tenerla en un puño... Le recordaba tanto a su padre...

Frank Bailey tenía dos pasiones en la vida; el alcohol y su esposa, Denise, la madre de Anna. Había sido tan posesivo y celoso que le había prohibido que tuviera amigos porque no soportaba verla con otras personas. Finalmente incluso sentía celos de su propia hija. Su padre solía malinterpretarlo todo y la hacía pagar por las cosas más insignificantes.

Anna había perdido la cuenta de todas las veces que había presenciado sus arrebatos de rabia. Había intentado olvidar sus palabras hostiles y despreciativas, pero no había podido. Y cuando estaba borracho todo era mucho peor. Ella sabía que el abuso psicológico era incluso peor que la violencia física y, muchas veces, cuando oía el ruido de la llave en la cerradura, se sentaba en la cama, temblando de miedo, deseando desaparecer.

Nerviosa, se puso en pie.

–Dante... Respecto a lo de ir al lago Como... para casarnos...

–¿Qué pasa?

Era evidente que le había hecho enfadar, porque su rostro se tensó de repente. Sin embargo, Anna se negaba a dejarse intimidar.

–Iré contigo con una condición.

–Ya te he dicho que...

–Escúchame –aunque estuviera temblando por dentro, había decisión en su voz.

Los ojos de Dante brillaron de sorpresa.

–No quiero que haya boda hasta que veamos cómo nos llevamos conviviendo juntos. Y no toleraré que me amenaces con llevarme a los tribunales por la custodia de Tia. He visto el daño que un hombre puede hacerle a una mujer tratando de controlarla, y no lo toleraré... ¡Y mucho menos viniendo del hombre que es el padre de mi hija!

–¿Hablas por experiencia? –le preguntó Dante en un tono tranquilo, pero impaciente, como si quisiera saber más.

–Sí –le dijo ella –se cruzó de brazos, sabiendo que no tenía sentido mantener en secreto el pasado.

A la larga no le serviría de nada, por muy doloroso que fuera hablar de ello.

–Mi padre era un borracho cruel y celoso. Le hizo la vida un infierno a mi madre.

—¿Dónde está ahora?

—Ya no está en este mundo... Gracias a Dios —le dijo. Un escalofrío la recorrió por dentro.

—¿Y tu madre? ¿Dónde está?

—Tampoco vive ya —arrugó los labios, tratando de contener las lágrimas—. En el hospital me dijeron que había muerto de un problema en el corazón, pero yo sé que no fue eso lo que la mató. Simplemente estaba cansada, agotada... Harta, exhausta de vivir con el bruto de mi padre.

Dante fue hacia ella. Su mirada estaba llena de empatía y desprecio por aquel hombre que tanto la había hecho sufrir.

—¿También era violento contigo, Anna?

—A un hombre así le da igual a quién intimida. Siempre tiene que hacer ver su poder. Los niños son el blanco más fácil, sobre todo cuando tienen demasiado miedo como para contestar.

Además, las cosas empeoraban mucho más con el alcohol.

La vergüenza y la desesperación no la dejaron continuar durante unos segundos.

—¿Tienes idea de lo desagradable que es sentir un aliento a cerveza rancia o a whisky delante de la cara, mientras te gritan y te dicen lo inútil que eres? ¿Lo tonta que eres? Pero, bueno, no quiero hablar más de esto —hizo un movimiento de ir hacia la cocina—. Ya no quiero más vino, por mucho que me encante. Creo que prepararé un café. ¿Quieres una taza?

—No —Dante le puso una mano en el brazo para que no se fuera—. Haremos lo que dices. Iremos al lago Como y viviremos juntos durante un tiempo antes de casarnos. ¿Te parece mejor así, Anna?

Ella puso una cara de profundo alivio, pero Dante no pudo evitar sentir una punzada de frustración.

–Gracias –le dijo ella.

Aunque con reticencia, la soltó por fin.

–¿Puedo ir a ver a Tia mientras haces el café? Sólo quiero sentarme junto a ella y verla dormir durante un rato.

–Adelante. Tómate el tiempo que quieras.

Media hora más tarde, Anna fue al dormitorio de la niña y se lo encontró sentado en la silla que estaba al lado de la cama, con los codos apoyados en los muslos, contemplando a la pequeña mientras dormía.

La joven sintió que se le encogía el corazón. Era como si una de sus mejores fantasías se hubiera hecho realidad durante unos segundos. Y no quería respirar, por miedo a que la ilusión se esfumara delante de sus ojos.

Dante la había oído entrar. Se volvió hacia ella y le regaló la sonrisa más arrebatadora que había visto jamás.

–Es tan guapa –susurró–. No quiero dejarla, ni un minuto, ni un segundo. Me he perdido tantas cosas ya.

Anna oyó la emoción que le embargaba la voz. Entró en la habitación y le puso la mano en el hombro. Un calor intenso manaba de su cuerpo.

–Todavía tiene que crecer mucho, Dante, así que ya no te perderás más cosas. Sólo tiene cuatro años. Y los niños se adaptan muy rápido a las nuevas circunstancias y a la gente. Muy pronto será como si te conociera de toda la vida.

Dante puso su mano sobre la de ella y le sostuvo la mirada con sentimiento.

–Quiero que sepa que soy su padre. Quiero que lo sepa pronto. ¿Lo entiendes?

Anna sucumbió al dolor que oía en su voz.

–Sí. Por supuesto. Pero... tenemos que escoger el momento adecuado.

–Mañana, cuando la recojas del colegio, podemos llevarla a tomar un helado. Así podremos conocernos un poco mejor. Pero no quiero ocultarle quién soy por mucho tiempo, Anna –le soltó la mano–. No podría soportarlo.

–Pronto se lo diremos –le dijo ella en un tono tranquilizador.

Era evidente que hablaba muy en serio. Quería que la niña lo supiera.

Apretando la mandíbula un momento, Dante dejó escapar un suspiro. Sus ojos relampaguearon.

–Bien... Eso es bueno. Y ahora creo que es mejor que me vaya. Tenemos mucho que hacer mañana. Te veo por la mañana, Anna –le dio un leve beso en la mejilla y se puso en pie–. Intenta dormir bien, ¿de acuerdo?

Anna asintió con la cabeza y le vio marchar. El rastro de su perfume embriagador y el calor de sus labios sobre la piel, en cambio, no se esfumaron tan rápidamente.

Durante el descanso de la tarde, le preguntó a Anita si tenía unos minutos para hablar. La esposa de Grant la recibió en su despacho con el afecto de siempre; era un despacho muy organizado y bien decorado, nada que ver con la de su hijo Jason.

Parecía mucho más feliz, o por lo menos eso le pareció a Anna, como si le hubieran quitado un gran peso de encima. El paquete de medidas de Dante para el Mirabelle ya se estaba empezando a notar. La suerte del hotel estaba cambiando.

«El salvador», le llamaban las recepcionistas, Amy y Linda. Y la ayudante del cocinero, Cheryl, también se había sumado a los halagos. Sin embargo, ninguna de las tres sabía por qué a Anna le hacía tan poca gracia semejante derroche de admiración.

—¿Qué te pasa, cariño? —le preguntó Anita, removiendo el té que tenía en la mano y mirándola con gesto de preocupación.

—¿Es que se me nota tanto?

—No siempre... Pero por alguna razón, hoy sé que estás preocupada por algo.

—Se trata de Dante —le dijo Anna, entrelazando los dedos sobre su regazo.

Anita levantó una ceja. Anna se sonrojó. Aquella manera tan informal de referirse a él se le había escapado.

—Quería decir el señor Romano —añadió rápidamente.

—¿Qué sucede? Sé que ha sido un poco... Bueno, digamos «impertinente», contigo, pero es un hombre muy profesional y riguroso. Y cuando nos habla de los planes que tiene para el hotel, siempre nos pide opinión a Grant y a mí. ¡Tiene cosas muy buenas en mente! —Anita sonrió como una colegiala ilusionada–. Vamos a tener una reunión con todo el personal más tarde, para poner a todo el mundo al día, pero como tú eres nuestra ayudante de gerencia, creo que debo decirte que Dante ha decidido cerrar el Mirabelle durante un mes para hacer la renovación. Todos los empleados seguirán cobrando su sueldo.

–¿Y qué te parece eso?

–Me parece fenomenal. No sólo es necesario, sino que es una gran idea. Grant y yo nos merecemos un descanso. Tenemos pensado dedicar tiempo a nuestro abandonado jardín, pasar tiempo juntos... Deberías tomarte unas pequeñas vacaciones. Anna, trabajas tan duro. Tia y tú os lo merecéis.

–A lo mejor lo hago –le dijo Anna, deseando poder oír sus propios pensamientos por encima del estruendo de su corazón–. Mira, Anita, no hay forma de suavizar la sorpresa... Tengo algo importante que decirte.

–No me irás a decir que te marchas, ¿no?

–No –Anna tragó con dificultad–. Es algo personal. Sabes que nunca te he dicho quién es el padre de Tia.

Anita se le quedó mirando, intrigada. De repente pareció que el tictac del reloj de pared era ensordecedor.

–Bueno, es...

–¿Sí?

–Es Dante Romano.

Anita se puso pálida.

–¿Dante Romano? ¿Pero cómo es posible? Según tengo entendido, es la primera vez que viene por aquí. ¿Cómo es posible que os hayáis conocido?

–Sí que ha estado aquí antes –Anna se aclaró la garganta–. Fue hace cinco años. Yo hacía el turno de noche en el bar, y él... Él estaba allí, tomándose una copa. Acababa de volver de Italia, del funeral de su madre. Iba de camino hacia Nueva York, donde vivía en ese momento.

–¿Y tú y él...?

Anna levantó la barbilla y miró a Anita con ojos claros y sinceros.

–Nos sentimos atraídos el uno por el otro de inmediato, y así fue como me quedé embarazada de Tia.

Capítulo 8

ANNA, ¿puedo hablar contigo?

Anna pasaba en ese momento por delante del despacho de Jason. Éste abrió la puerta y le hizo señas para que entrara. Ya habían tenido la reunión con el personal, y todo el mundo estaba al corriente del próximo cierre del hotel. Sin embargo, Anna no había tenido oportunidad de discutirlo con el gerente. Jason se iba a quedar a cargo de la remodelación durante todo el mes y, sin duda, ése debía de ser el motivo por el que quería verla. Aquél era un gran paso para él, una gran responsabilidad. Pero a ella no le cabía duda alguna de que el hijo de los Cathcart estaba a la altura.

En cuanto a su relación con Dante, Anita le había sugerido que lo mantuvieran en secreto durante un tiempo, por lo menos hasta que los cambios estuvieran en marcha y el personal hubiera vuelto de las vacaciones forzosas. No era una actitud muy valiente precisamente, pero por lo menos Anna sentía un gran alivio de no verse convertida en el centro de toda la atención, al menos durante un tiempo.

Jason cerró la puerta tras ella y la invitó a tomar asiento.

—Te veo muy bien —comentó, mirándola de arriba abajo.

–Voy a buscar a Tia, y después vamos a tomar un té con ella.

–¿Algún sitio en especial?

–No lo sé todavía, pero encontraremos algún sitio agradable. Hay mucho donde elegir en Covent Garden, ¿no?

El corazón de Anna latía sin control con sólo pensar en decirle a su pequeña que Dante era su padre. Su sonrisa era incierta, pero Jason parecía absorto en sus propios problemas mientras andaba de un lado a otro.

Cuando por fin dejó de deambular por el despacho se volvió hacia Anna con una extraña luz en la mirada.

–He conocido a alguien.

–¿Sí?

Llevaba mucho tiempo solo, así que Anna se alegraba mucho por él.

–No te digo nada más por ahora, porque no quiero estropear las cosas, pero nos vamos a ver este fin de semana.

–Oh, Jason, eso es estupendo. ¡Y claro que no estropearás nada!

Anna se puso en pie y le dio un efusivo abrazo. En ese momento alguien llamó a la puerta e irrumpió en la habitación antes de que Jason pudiera decir nada. Era Dante. Anna no tenía ningún motivo para sentirse culpable, pero nada más ver su gélida mirada, se sintió avergonzada, como un niño al que sorprenden con la mano dentro del tarro de las galletas.

–Estaba buscando a Anna –le dijo a Jason sin

más preámbulo–. Uno de los empleados me dijo que igual estaba aquí. Parece que acertó.

–Estábamos... Estábamos hablando –Jason se apartó de Anna rápidamente, sonriendo con incomodidad.

–Bueno, si han terminado de hablar... Anna y yo tenemos cosas importantes que hacer.

–¿Pero no va a llevar a su hija a dar un paseo? –preguntó Jason, frunciendo el ceño.

–Ya veo que le gusta estar al tanto de todo lo que hace la señorita Bailey, señor Cathcart. Sería muy útil si pudiera revisar con el mismo entusiasmo esa lista de equipos para el hotel que le dejé. Le agradecería que me diera su opinión a primera hora de la mañana. Ahora tiene una gran responsabilidad, es el encargado del proyecto, y el trabajo empieza ahora mismo. No me decepcione –le sujetó la puerta a Anna para que saliera. Estaba impaciente–. Tenemos que irnos –dijo con firmeza.

–No tenías por qué hablarle así a Jason. No hemos hecho nada malo.

Anna tuvo que correr para seguirle el ritmo a Dante. Al llegar junto a un flamante coche plateado, oyó cómo abría la puerta con el llavero electrónico. Él se detuvo en seco. Era evidente que estaba furioso.

–¿Entonces vas por ahí abrazando a todos los hombres con los que trabajas?

–Eso es una estupidez. ¡Claro que no! Acababa de darme una buena noticia, y yo me alegré mucho por él. Eso es todo.

Dante la miró con ojos de resentimiento.

–Le gustas.

¿Acaso estaba celoso? Anna consideró la posibilidad un momento y entonces no pudo evitar esbozar una sonrisa.

–Y a mí me gusta él. Pero no de la forma que tú estás insinuando.

A Dante le hubiera gustado sondearla un poco más, pero en vez de eso miró el reloj que llevaba puesto y le abrió la puerta del acompañante.

–Será mejor que nos pongamos en camino. No querrás que lleguemos tarde a recoger a Tia.

–¿Adónde vamos a tomar el té? –le preguntó ella, subiendo al vehículo.

–Al hotel Ritz.

Anna se quedó de piedra.

–Podrías habérmelo dicho antes. Me hubiera puesto algo más elegante que este vestido.

Llevaba un sencillo vestido de lino combinado con una chaqueta negra. Las dos prendas eran ideales para un cálido día de primavera, pero sin duda no eran tan presentables como para ir al Ritz.

Anna subió al coche con gesto malhumorado y Dante le dedicó una sonrisa pícara.

–Lo que llevas no tiene nada de malo, así que no te preocupes... *Le guarda piu di bene a caro prezzo.*

–¿Y eso qué significa?

–Significa que estás muy guapa.

Dante la miró de arriba abajo antes de cerrar la puerta, y se fijó un instante en sus labios. Anna sintió que no podía respirar de repente.

–Vamos a buscar a la pequeña Tia, ¿de acuerdo?

–cerró la puerta del acompañante y rodeó el capó del coche para ponerse al volante.

Tia quería otro pastel. Anna le dijo que sí y Dante se lo untó con mermelada. Nunca se había sentido tan orgulloso. Ni uno solo de sus logros en el terreno profesional le había producido tanto regocijo. Era una delicia saber que aquella niña preciosa y maravillosa había nacido de él.

Miró a Anna y se la encontró observándole de reojo. Llevaba el cabello suelto; un río de bronce sobre sus hombros. Su belleza serena y discreta era arrebatadora; tanto así que no era de extrañar que atrajera las miradas de muchos clientes sentados en las mesas cercanas. Dante se sintió rebosante de orgullo. Ella era la madre de su hija y, algún día... Muy pronto... Sería su esposa. Sin embargo, sabiendo lo de su padre, era consciente de que debía tener mucho tacto con ella. No podía forzarla a hacer algo que no quería, por muy impaciente que estuviera.

Su infancia traumática le producía un profundo dolor. Si Anna había sido como la pequeña Tia, entonces sin duda era una niña adorable, un ser indefenso que no merecía aquellos abusos.

–Es una habitación de oro –dijo Tia, relamiéndose–. Hay un arco dorado, y mesas doradas y... ¿Qué son esas lámparas brillantes que están en el techo?

–Se llaman arañas.

–Sí. ¡Y las sillas también son doradas! Un rey o

una reina podrían vivir aquí. La gente que vive aquí debería llamarle la habitación dorada. ¿No crees, mamá?

Anna le limpió las comisuras con una servilleta y sonrió.

—Ésta es una sala muy famosa, Tia. Y ya tiene nombre. Se llama el Salón Real.

—Pero... —dijo Dante, adoptando un tono de conspiración—. A partir de ahora los tres la llamaremos la habitación dorada. ¿Sí?

Extendió la mano y Tia se la estrechó con entusiasmo, encantada de que aquel hombre tan interesante le prestara toda su atención.

—También tienes que darle la mano a mamá, Dante.

—Claro... Vaya despiste.

En cuanto agarró la mano de Anna, todo lo demás se desvaneció a su alrededor. Lo único que sabía con certeza era que su corazón latía con más fuerza que nunca y que, si hubiera estado a solas con ella, le hubiera demostrado lo mucho que la deseaba de todas las maneras posibles. De repente vio un destello de deseo en los ojos de ella.

—Se supone que tienes que darle la mano. ¡No tienes que sujetársela para siempre! —exclamó la pequeña Tia, apartándole la mano de la de su madre con una mirada reprobadora.

—No seas maleducada, Tia. Eso no ha estado bien —le dijo Anna, regañándola.

—Lo siento —dijo Tia. Sin embargo, un momento después sus ojos volvieron a brillar de forma traviesa—. No estás enfadado conmigo, ¿verdad? —le preguntó a Dante, regalándole una sonrisa radiante.

Dante asintió con la cabeza y le acarició la mejilla con los nudillos.

–No, *mia bambina*. No podría enfadarme contigo aunque lo intentara con todas mis fuerzas. Eres demasiado preciosa para eso.

–A veces tiene sus momentos –dijo Anna, bebiendo un sorbo de té de un exquisita taza de porcelana. Después le hizo una mueca a Dante.

–¿Y eso qué quiere decir?

–Que a veces se pone un poco majadera.

–Bueno, me pregunto a quién habrá salido –le dijo él en un tono juguetón.

Anna sonrió de oreja a oreja y ladeó un poco la cabeza.

–No podría imaginarte haciendo algo que no fuera organizado y bien pensado. Pareces tan metódico, siempre lo tienes todo bajo control, como si la vida nunca te pudiera tomar por sorpresa.

–En eso te equivocas –le dijo él, poniéndose serio–. Soy medio italiano. Llevo la pasión en la sangre. Y muchas veces tengo dudas. ¿Conoces a algún ser humano que no las tenga?

–No. No creo –le dijo ella.

–¿De qué estás hablando, mamá? No suena muy interesante.

Tia quería participar de la conversación de los adultos. Anna se volvió hacia ella, pensativa.

–Tia... Hay algo importante que quiero decirte –miró a Dante y bajó la vista.

Él hizo lo mismo. Su corazón latía sin ton ni son. No esperaba que ella sacara el tema durante el paseo, pero quizá era mejor así. Se preparó para la reacción de la niña. Sin duda Tia necesitaría un poco de tiempo para hacerse a la idea y llegar a quererle, pero él estaba dispuesto a esperar. No había nada que deseara más en la vida.

–¿Mamá? Sé que quieres decirme algo, pero yo le quiero hacer una pregunta a Dante –la niña apoyó los codos en la mesa y le miró fijamente.

–¿Qué es, cariño?

–¿Estás casado?

Dante se mordió el labio para no echarse a reír.

–No, pequeña. No estoy casado.

–Mi madre tampoco, pero yo quisiera que sí. Me gustaría tener un papá, como mi amiga Madison del colegio. No todos los niños de mi clase tienen papá, pero ella sí, y yo creo que tiene mucha suerte, ¿no?

Dante guardó silencio. La emoción no le dejaba hablar. Como a cámara lenta, vio que Anna tomaba la mano de la niña y se la apretaba con ternura.

–Cariño, quiero que escuches muy atentamente todo lo que tengo que decirte. ¿Lo harás?

Tia abrió los ojos y asintió con la cabeza, claramente intrigada.

–Dante y yo nos conocimos hace mucho tiempo. ¿Recuerdas que te lo dije? Pero por desgracia, porque algo muy triste pasó en Italia, el lugar de donde él viene... tuvo que irse –Anna suspiró y miró a Dante de reojo–. Cuando se marchó... Cuando se marchó... Yo me enteré de que estaba esperando un bebé.

–¿Un bebé? ¡Ésa tenía que ser yo!

–Sí, cariño. Eras tú.

La niña frunció el ceño y se volvió hacia Dante.

–¿Entonces eso quiere decir que tú eres mi papá?

–Sí, cariño –con un nudo en la garganta, Dante trató de sonreír–. Así es.

–¿Quieres decir que tú eres mi padre de verdad? ¿Igual que el padre de Madison?

–Sí.

–Entonces somos una familia de verdad.

Nunca nadie había mirado dentro de su alma tal y como su hija lo había hecho en ese momento, y Dante sabía, sin ningún género de dudas, que ella lo veía tal y como era.

–Y si somos una familia de verdad, entonces tienes que venir a vivir con nosotras. Porque eso es lo que hacen las familias de verdad. Mamá, ¿me puedo tomar un pastel de chocolate? –Tia se volvió hacia su madre con gesto suplicante–. Si no quieres que me tome uno entero, por si me sienta mal, ¿puedo compartirlo contigo?

–De acuerdo, pero después ya no podrás tomar más pasteles por hoy.

Anna miró a Dante con una sonrisa indulgente y él dibujó la palabra «gracias» con los labios. Entonces tomó un pastel de chocolate del mostrador y lo cortó en dos mitades.

Aquél había sido un día de verdades. Un gran alivio la embargaba, pero también estaba cansada. Ya casi no podía mantener los ojos abiertos.

Dante se había quedado en la habitación de Tia, leyéndole un cuento.

Se quitó los zapatos y se recostó en el sofá. Le

había dicho que los niños se adaptaban rápidamente a las nuevas circunstancias y no se había equivocado. Tia ya le llamaba «papá» y habían congeniado tan bien que era como si nunca hubieran estado separados. Era maravilloso... Un sueño hecho realidad. ¿Pero en qué lugar la dejaba todo eso?

Llevaba mucho tiempo siendo madre soltera. No sería fácil deshacerse de ese papel, aunque supiera que era mejor para la niña tener a un padre en su vida. ¿Estaba mal sentir tanto miedo? ¿Estaba mal desconfiar tanto?

—¿Cómo estás?

Anna abrió los ojos de repente. Dante estaba delante de ella, mirándola con ojos llenos de luz.

—Estoy bien. Gracias. Sólo estoy un poco cansada, si te digo la verdad —intentó incorporarse, pero él le hizo señas para que se quedara sentada y se sentó a su lado.

Sus manos, tan largas y viriles, estaban entrelazadas sobre su regazo, y un mechón rubio le caía sobre la frente. Su perfil perfecto y aquellas pestañas larguísimas le hacían parecer una estrella de cine. Durante unos segundos Anna se preguntó qué había visto un hombre como él en alguien como ella.

—Ha sido un día increíble, ¿verdad?

Dante le sonrió y la miró desde el alma...

Capítulo 9

A TIA le encantó el Ritz. Ahora cuando llegue al Mirabelle seguramente le parecerá horrible después de estar en un hotel tan lujoso.

—Lo dejará de ser en cuanto lleve a cabo todos los cambios que tengo en mente. ¿Te he dicho que he contratado a un equipo de decoradores de Milán?

—¿Milán? Dios mío.

—Este hotel está en un edificio excepcional de estilo georgiano, y tiene mucha historia de por sí. Modernizándolo un poco y cambiando el mobiliario, será uno de los hoteles más elegantes y sofisticados de Londres.

—Anita y Grant se lo merecen. Se han entregado a fondo a este hotel desde que Grant lo heredó de sus padres. ¿Puedo pedirte algo?

Él asintió.

—Hablando de Milán, me preguntaba...

—¿Sí?

—¿Eso significa que te has reconciliado con el lugar? Parecías un poco tenso y reticente cada vez que hablabas de tu pasado. Me dijiste que te fuiste hace mucho tiempo, y yo sentí que te habías distanciado a propósito.

–Y lo hice.... Pero cuando volví para asistir al funeral de mi madre, recordé cosas del lugar que echaba mucho de menos. Con los años he aprendido a quererlo y apreciarlo de nuevo. Es por eso que me compré una casa allí... La casa en la que nos quedaremos cuando vengáis Tia y tú. ¿He contestado a tu pregunta?

Tocándole la mejilla con las puntas de los dedos, Dante la miró fijamente. Anna guardó silencio, sin saber qué decir. Él había admitido que se había distanciado de su lugar de origen, pero realmente no le había dicho por qué. ¿Alguna vez llegaría a confiar en ella lo bastante como para revelarle todos esos secretos de su pasado?

–Es un gran cambio para mí acompañarte a Italia. Si te soy sincera, me siento un poco incómoda yendo contigo, Dante. No conozco la lengua y, aunque sé que no quieres oírlo, siento que me veo abocada a algo para lo que no estoy preparada. ¿Lo entiendes?

–No es mi intención hacerte sentir abocada a nada o forzarte a hacer algo que no quieres –le dijo él, pensativo–. Sólo quiero que disfrutemos de unas vacaciones juntos, para que lleguemos a conocernos bien, y para que Tia se familiarice conmigo. Cuando estés lista, y sólo cuando lo estés, hablaremos de casarnos.

–¿Lo dices de verdad?

Él la miró intensamente.

–Te doy mi palabra.

–Supongo que me vendrá bien tomarme unas vacaciones. Y, como me has dicho, Tia tendrá la oportunidad de conocerte mejor.

–Y en lo que se refiere a la lengua, yo te enseñaré. ¡Estarás hablando como un italiano antes de que te des cuenta. Y Tia también.

–Se está haciendo de noche –Anna miró hacia arriba, a través de las ventanas altas. El cielo estaba cada vez más oscuro.

A lo lejos se oía el lánguido canto de un mirlo. Por alguna razón aquel sonido la llenó de melancolía.

–Debería encender las lámparas.

–No –dijo Dante.

Ella se sorprendió.

–Está muy oscuro. Necesito un poco de luz aquí.

–¿Te sientes incómoda en la oscuridad? No hay necesidad, Anna. Yo estoy aquí, a tu lado. Nunca dejaría que nada ni nadie te hicieran daño –le dijo.

Anna se dio cuenta de que lo decía muy en serio. Un enjambre de mariposas revoloteó en su vientre.

–Sí, pero aun así quiero... Necesito... Algo de luz.

Hizo el ademán de moverse, pero él la agarró de la nuca y la atrajo hacia sí. Lo último que sintió fue su mirada intensa antes de sentir sus labios, besándola desenfrenadamente. Su respiración se había vuelto jadeante y su barba incipiente le rascaba la barbilla. Una ola de miel corrió por las venas de Anna. Era como si hubiera pasado cinco años marchitándose en una oscura cueva y por fin acabara de salir de ella, libre por fin. El intenso placer que fluía por su interior no era comparable a nada que hubiera conocido. Le sujetó la cabeza con ambas manos al tiempo que él hacía lo mismo. Sus labios se fundían en uno solo como si nada pudiera calmar su hambre de pasión.

–No... Aquí no –ella tragó con dificultad.

Él estaba intentando bajarle la cremallera del vestido.

–En mi habitación.

Sin dejar de besarse ni un momento, avanzaron juntos hasta entrar en el dormitorio de ella. Era fundamental mantener el contacto físico, aferrarse el uno al otro como dos náufragos en el mar. Dante cerró la puerta de una patada y se quitó los zapatos para tumbarse en la cama con ella. De alguna manera logró colocarla encima y la colmó de besos. La cremallera de su vestido ya estaba abierta, así que le deslizó las mangas por encima de los hombros hasta dejarlos al descubierto. Anna le ayudó un poco y se sentó a horcajadas sobre él, inclinándose de vez en cuando para recibir besos ardientes que la hacían enloquecer. Su copiosa melena era una cortina protectora que los aislaba del resto del mundo. Sujetándole las mejillas con ambas manos, Anna se deleitó contemplando aquel rostro fuerte, de rasgos duros y clásicos, tan viriles... Sin embargo, fue esa mirada vulnerable y desnuda lo que más le llamó la atención.

–Pensé que quizá lo había soñado... No creí que sería posible desear tanto a alguien. Pero ahora veo que sí. Eres increíble, Anna.

Incapaz de articular palabras capaces de describir lo que sentía en ese momento, ella empezó a desabrocharle los botones de la camisa con manos temblorosas. Cuando por fin dejó al descubierto aquel pectoral musculoso y cubierto por una fina capa de vello, deslizó las palmas de las manos sobre sus pequeños pezones masculinos, sobre la caja torácica... Su corazón latía justo debajo. Era emocionante saber que latía así por ella. Bajando la cabeza, puso los labios sobre su piel cálida y deliciosa.

Estaba siguiendo el rastro de fino vello que le cubría el abdomen hasta llegar a su ombligo cuando él gimió suavemente. Enredó los dedos en su cabello y la hizo subir de nuevo. Un momento después la ayudó a quitarse las delgadas braguitas de seda blanca que llevaba puestas y bajó la cremallera del pantalón. Cuando por fin entró en su sexo desnudo, empujó hacia arriba y ella echó atrás la cabeza, gimiendo. No había palabras para describir aquella sensación tan exquisita, las emociones efervescentes que bullían en su interior. No había vuelto a vibrar de placer desde aquella noche en que Dante la había hecho suya por primera vez. Ésa era la plenitud que siempre había ansiado; la conexión primaria que su alma anhelaba, la fuerza primitiva que arrasaba con todas las dudas y la melancolía.

De repente comprendió por qué no había sido capaz de estar con otro hombre desde aquella vez, con él... Por fin entendía por qué se había resignado a estar sola. Ningún hombre hubiera podido acercarse siquiera a lo que Dante la hacía sentir.

Dejándose llevar por el desenfreno de la pasión, él se hundió dentro de ella, tan adentro que creyó que se iba a derretir. Con manos expertas, soltó el broche del sujetador y liberó sus pechos turgentes, abarcándolos con las palmas de las manos, masajeando los suaves pezones con las yemas de los dedos. Mirándola a los ojos, contempló la cascada de cabello rojo que le caía sobre la piel... No había otra mujer como ella en el mundo, ninguna tan hermosa y gloriosa como ella... Ninguna otra era capaz de fracturar las placas de hielo que le cubrían el corazón.

Debería haberla buscado mucho antes. ¿Por qué no lo había hecho? ¿Cómo era posible que se hubiera dejado llevar por el miedo al rechazo hasta el punto de alejarse de la única mujer que se había entregado a él sin reservas, la única que había acudido en su ayuda cuando más lo necesitaba?

Con urgencia y adoración, le clavó las yemas de los dedos en las caderas y la sujetó como si nunca quisiera dejarla marchar. Un gemido sutil escapó de los labios de ella al tiempo que llegaba al clímax y, de repente, él ya no pudo aguantar más. Un maremoto de placer le sacudió las entrañas y lo llevó al séptimo cielo.

—Ven aquí —la ayudó a colocarse sobre su pecho y entonces la rodeó con los brazos.

Era una experiencia completamente nueva para él abrazar a una mujer de esa forma después de un encuentro apasionado, no sólo para mimarla, sino también por el mero placer de tenerla cerca y disfrutar de su compañía; sólo por sentir los latidos de su corazón, sincronizados con los suyos propios. Cuando por fin vivieran juntos, disfrutaría y saborearía con fervor cada día que pasara a su lado. Enredando los dedos en su voluminosa melena, le dio un beso en la frente. Ella se movió y levantó el rostro hacia él.

–Ha sido genial. Pero ahora me siento completamente incapaz de hacer nada más –sonrió.

–¿Y qué tenías planeado hacer exactamente durante la tarde?

Ella sonrió con picardía; una sonrisa igual que la de su pequeña Tia.

–Bueno... Para empezar, tengo un montón de cosas que planchar.

–¿Y eso es tan importante?

–No necesariamente –le dijo, bajando la voz y adoptando un tono seductor. El deseo empezaba a fluir de nuevo, poderoso y caliente–. En realidad depende de lo que me ofrezcas como alternativa.

–Ya veo que en mi ausencia te has convertido en toda una vampiresa –le dijo en un tono risueño. La agarró de los brazos y la hizo rodar sobre sí misma hasta colocarla a su lado para después atraparla debajo de su propio cuerpo.

–Siempre y cuando no hayas estado practicando ese arte de seducción con algún pobre indefenso, no me quejo.

Ella dejó de sonreír, desconcertada por un instante.

–Te juro que no.

–Bueno, entonces ¿es ésta la clase de distracción que estabas buscando? –le dijo, metiéndose entre sus piernas nuevamente para hacerle el amor.

–¿Estás silbando un aria de Puccini, Anna? –Luigi hizo una pausa mientras preparaba la comida. Arrugó los párpados y la miró con aire de sorpresa.

–Sí. Es de *Madame Butterfly*. Espero no haberla destrozado.

–No. En absoluto. Lo único que me pregunto es por qué estás tan feliz últimamente.

Anna podría haberle dicho que todo se debía a la semana maravillosa que había pasado, haciendo el amor con el apuesto accionista mayoritario del Mirabelle, pero, evidentemente, no lo hizo. Sólo Anita y su marido, Grant, sabían la verdad sobre su relación con Dante. Y estaban de acuerdo en que debían mantener el secreto hasta después del descanso de un mes.

La idea de viajar al lago Como con Tia al día siguiente era de lo más emocionante, pero Anna también estaba aterrorizada. Tener encuentros de pasión con su amante en mitad de la noche era algo completamente distinto a convivir juntos. Ése era un escenario diferente. Y estaría totalmente a su merced; dependería de él en todos los sentidos, y tendría que arriesgarse a confiar en él a largo plazo.

Pero él le había prometido que no trataría de forzarla a hacer nada que no quisiera hacer...

–Supongo que estoy contenta porque estoy deseando pasar ese mes de vacaciones con mi hija –le respondió a Luigi.

No tenía unas vacaciones desde el nacimiento de Tia. Y si no hubiera sido por Dante, tampoco las hubiera tenido en ese momento.

Avanzando dos pasos hacia el chef, agarró el papel en el que estaba escrito el menú del día y lo sujetó contra su pecho.

–Un pajarito me ha dicho que te vas a la Provenza para hacer un curso de cocina francesa. ¿Es eso cierto, Luigi?

Luigi gesticuló con la mano, restándole importancia, y entonces bajó la vista.

—El señor Romano me lo sugirió, y me va a pagar todos los gastos. Queremos conseguir una estrella Michelin para el restaurante, así que estoy encantado de hacerlo... aunque la cocina francesa no sea mi fuerte. ¡Pero me sorprende que a otro italiano le guste tanto la cocina de otro país!

—El señor Romano es un hombre de mundo, Luigi. Y tener una carta variada beneficiará al negocio y aumentará los ingresos, así que me alegro mucho de que te vayas a la Provenza —le dijo Anna, dándole un golpecito en el brazo—. Te encantará. Estoy segura.

—Ya veremos.

Después de un viaje de cuatro horas en avión más otro trayecto en coche durante el cual hicieron una parada para comer algo en un pequeño restaurante que Dante conocía, llegaron por fin a la casa de cinco pisos, situada a orillas del lago Como. Estaba justo delante del lago, sobre una colina que se precipitaba hacia la orilla. Las vistas eran espectaculares y, a la luz del atardecer, los últimos rayos del sol incidían sobre la superficie del agua, haciendo que pareciera estar hecha de diamantes. El aroma a buganvillas, azaleas y otras flores flotaba en la cálida brisa mediterránea, alborotándole el cabello a Anna y a la pequeña Tia. Ambas contemplaron la casa con ojos enormes. Era como un castillo de un cuento de hadas. Después de sacar el equipaje del maletero del coche, Dante se adelantó un poco y agarró a Anna de la cintura.

–Es una casa preciosa, Dante –le dijo ella, mirándole con timidez.

–Y será aún más preciosa con vosotras dos dentro –le dijo él con cariño.

Anna se derretía cuando le oía decir ese tipo de cosas. Su corazón ya le pertenecía, pero cada vez que él bajaba la guardia y la dejaba ver sus verdaderos sentimientos, se sentía como si fuera capaz de seguirle hasta el fin del mundo. En esos momentos no importaban los obstáculos, ni los miedos, ni las dudas.

–¿Es ésta nuestra nueva casa, papá? –preguntó Tia de repente.

Dante la tomó en brazos y le dio un beso entusiasta en la mejilla.

–Es nuestra casa en Italia, *mia bambina* –sonrió–. Pero también tenemos otras casas por todo el mundo.

Anna tragó en seco. Después de llamarle hogar a un apartamento en un sótano de Covent Garden, era abrumador darse cuenta de que con Dante viajarían constantemente. Y si las otras casas que poseía por todo el mundo eran igual de espectaculares que ésa, entonces aún le quedaban muchas sorpresas que llevarse.

–¿Entramos?

–¿Qué te parece el lugar ahora que has tenido tiempo de aclimatarte un poco?

Dante se acercó por detrás. Anna estaba en el balcón del salón, contemplando el lago. En las distancia se veían los Alpes. El aire mediterráneo, aromático y espeso, era como un bálsamo curativo.

Anna se daba cuenta de lo mucho que necesitaba unas vacaciones.

Después de darle el beso de buenas noches a Tia y arroparla en su camita, había salido al balcón mientras Dante le leía un cuento a la pequeña. Con sólo oírle aproximarse, su corazón empezó a latir sin control. La superficie del agua era un plato perfecto que reflejaba las luces de los edificios que lo rodeaban. Anna sacudió la cabeza, extasiada.

—A veces las palabras sobran, y ésta es una de esas ocasiones. Creo que nunca he visto algo tan sublime y sobrecogedor.

—Bueno, puedes disfrutarlo todo el tiempo que quieras. Lo sabes.

Ella guardó silencio.

—Ven a sentarte dentro —sugirió él.

Anna se dio cuenta de que había incertidumbre en sus ojos.

Entraron en la elegante sala iluminada por varias lámparas. Había flamantes antigüedades por todas partes y cuadros en las paredes. Un enorme hogar con una repisa de mármol blanco dominaba toda la estancia.

Anna sonrió.

—Me parece como si estuviera en el set de rodaje de alguna película sobre un noble italiano o algo así. Hay tanta belleza aquí que estoy abrumada.

—Tienes razón. Hay tanta belleza.

Aquel comentario susurrado estaba cargado de significado; un significado que no había pasado desapercibido para Anna. No podía mirarle siquiera sin desearle, y sabía que por mucho que intentara ocultar su deseo, él debía de verlo en su mirada ávida cada vez que sus ojos se encontraban.

Haciendo un gesto, fue a sentarse en el sofá. Dante se sentó a su lado. La tomó de la mano, le dio la vuelta y se dedicó a examinarle la palma durante unos segundos, como si fuera una joya muy preciada.

—No sé cómo soportas tener que irte de este lugar —comentó ella—. Es como el paraíso en la Tierra.

—Durante mucho tiempo yo no lo veía de esa forma. Pero últimamente he empezado a darme cuenta de lo afortunado que soy teniendo una casa aquí.

—¿Eres de aquí? ¿De Como?

Él le soltó la mano.

—No. Compré esta casa porque a mi madre le encantaba este lugar y tenía una casa aquí. Cuando yo era un niño, ella soñaba con tener una casa aquí... Pero la verdad es que siempre fue una persona conforme y feliz. Hubiera sido feliz viviendo en cualquier sitio siempre que tuviera la certeza de que yo también lo era.

—Parece que era una mujer extraordinaria.

Dante sonrió.

—Lo fue.

—Bueno, ¿dónde te criaste entonces?

Capítulo 10

ME CRIÉ en un pequeño pueblo del interior, lejos de las montañas y los lagos. No era nada parecido a este lugar.

Se puso en pie, como si el recuerdo lo inquietara.

—No tenía las vistas, ni la riqueza cultural de Como, y la gente que vivía allí no era rica ni privilegiada. Pero sí había un sentido muy fuerte de la comunidad, según me han dicho. Sin embargo, no nos quedamos allí. Cuando mi padre abandonó a mi madre, ella no tuvo más remedio que mudarse a una ciudad cercana para buscar trabajo allí.

—¿Tu padre os abandonó?

—Sí —Dante la miró un instante y le sostuvo la mirada—. Fue hace mucho tiempo. Ni siquiera me acuerdo de él.

—Entonces... No sabes muchas cosas de él, ¿no?

Él hizo una mueca.

—Sólo sé que era británico y que era arqueólogo. Estaba trabajando en una excavación por la zona, examinando unas ruinas romanas, cuando conoció a mi madre. Por lo que yo sé, los arqueólogos no ganan mucho dinero. Por lo menos, yo he superado con creces cualquier cosa que mi padre pudiera haber hecho, y mi madre no murió en la pobreza, afortunadamente. ¡Así la dejó él!

Se hizo un silencio incómodo y a Anna se le encogió el corazón con aquella confesión. Dante se había hecho a sí mismo sin el apoyo, sin el amor, sin la guía de un padre. Se había abierto camino él solo, luchando contra las adversidades. Sin duda había suplido la carencia de afecto con logros materiales, riqueza, éxito...

Lo que Anna tanto anhelaba de niña era el apoyo y el amor de sus padres. El dinero jamás hubiera podido hacerla sentir mejor en ese sentido. De hecho, probablemente hubiera empeorado las cosas, porque si hubieran tenido más dinero, entonces su padre se hubiera emborrachado aún más.

Pero en ese momento resultaba más evidente que por muy rico que hubiera llegado a ser, una parte de Dante todavía añoraba el amor de aquel padre que nunca había tenido...

Yendo hacia él, le puso la mano sobre el pecho y sintió los latidos de su corazón.

—Creo que le has dado un giro increíble a tu vida, Dante, después de haber tenido unos comienzos tan duros —le dijo—. Pero más allá del éxito material, eres un buen hombre... Cualquier hombre estaría orgulloso de tenerte como hijo.

—¿Crees que lo soy? —le dijo él, mirándola con angustia—. Dices eso porque no sabes las cosas que he hecho para llegar aquí.

Anna le miró de frente, sin vacilar.

—Si has hecho algo mal, debe de ser porque te exiges demasiado, en mi opinión.

–Eres ingenua... Por eso dices eso.

–Tuve que crecer muy deprisa, igual que tú, Dante. Y si he aprendido algo, es que no tiene sentido mirar hacia el pasado todo el tiempo y arrepentirse de los errores una y otra vez. Hicimos lo que pudimos, lo mejor que podíamos hacer. ¿Cómo hubiéramos podido hacer algo más?

–Cuando empezaste a buscarme, supiste que tenía fama de ser un hombre cruel y despiadado. Los periódicos no mentían, Anna. Hice todo lo que pude para hacer mi fortuna. No tenía escrúpulos de ningún tipo siempre y cuando consiguiera el acuerdo que más me convenía, el que me daría más dinero y más poder. Estaba tan entregado a la ambición que me traía sin cuidado la gente que perdía sus trabajos por mi culpa. ¡No me preocupaba de qué iban a vivir, o cómo iban a mantener a sus familias! Incluso mi madre empezó a preocuparse por mí. Me advirtió que me estaba alejando de la gente buena. Me dijo que un día necesitaría a amigos de verdad, y no a las sabandijas ambiciosas que se movían por miedo y por codicia, igual que yo... Bueno... Hasta que murió mi madre y te conocí a ti, Anna, no me di cuenta de lo que estaba haciendo con mi vida. Tú me hiciste despertar, me hiciste querer trabajar y vivir de una forma más justa. Me hiciste querer ayudar a la gente en vez de explotarlos, y sacarles lo que pudiera. Me llevó un tiempo cambiar las cosas, pero cuando me di cuenta de que los cambios que tenía que hacer eran muy radicales, una de las primeras cosas que hice fue volver a adoptar mi nombre italiano. Sólo usaba el nombre de mi padre porque, viniendo de la pobreza, quería distanciarme de Italia y de todo lo que representaba para mí. Qué ironía... Ni siquiera le conocí.

–Oh, Dante... Has hecho un viaje largo y duro para encontrarte a ti mismo –le dijo Anna. Tenía el corazón tan lleno de cariño por él que apenas podía contener las lágrimas.

Dante sacudió la cabeza, como si se sintiera incómodo siendo el destinatario de tanta compasión, como si su historia no mereciera tanta atención y solidaridad.

–Tienes ojeras, Anna.

Le acarició la mejilla suavemente. Sus ojos azul grisáceo eran tan hipnóticos como el lago a la luz de la luna.

Anna quería perderse en ellos para siempre.

–Hemos hecho un viaje muy largo. Deberías acostarte pronto –le dijo él–. Por la mañana vendrá el ama de llaves a la que he contratado para que se ocupe de la casa mientras estamos aquí. Viene con su hija, que va a ayudarla con todo. Nos prepararán el desayuno y nos atenderán.

–¿Cómo se llaman?

–¿El ama de llaves y su hija?

Dante se encogió de hombros, como si le sorprendiera la pregunta.

–Giovanna es la madre y Ester la hija. Seguro que Tia les encantará en cuanto la conozcan. A las dos les encantan los niños, y Ester tiene uno. Bueno, como he dicho antes, pareces cansada. Deberías darte un baño y acostarte pronto. Me reuniré contigo más tarde –se apartó de ella.

—Espero que no te arrepientas de haberme dicho todo lo que me has contado —dijo Anna, algo inquieta y preocupada.

Parecía que él no estaba dispuesto a pasar el resto de la tarde con ella.

—¿Te arrepientes? —le preguntó, jugando con un mechón de pelo con gesto de impaciencia.

—Vete a la cama, Anna. Hablaremos de nuevo por la mañana.

—¿Por qué no me contestas? No quiero irme a la cama y dejarte aquí solo con tus pensamientos.

Él esbozó una leve sonrisa, volviéndose hacia ella.

—¿Quieres salvarme de nuevo? ¿Igual que intentaste hacer hace tantos años?

Anna levantó la barbilla.

—¿Está tan mal querer ayudarte? ¿Te molesta tanto que te demuestre que sé lo que sientes?

Dante guardó silencio y apartó la vista.

Con los ojos llenos de lágrimas, Anna dio media vuelta y abandonó la habitación.

Después de pasar un largo rato contemplando la luminosa superficie del lago, Dante volvió a entrar en el salón. Era alrededor de la una de la madrugada. La copa de Campari que se había servido estaba casi intacta. Dejó el vaso sobre una mesa y estiró los brazos por encima de la cabeza. Tenía los músculos agarrotados.

Quería reunirse con Anna en la enorme cama con dosel del dormitorio, pero... ¿Cómo iba a hacerlo después de haberse comportado con ella como lo había hecho? En realidad probablemente ella le odiara en secreto por lo que le había hecho en el pasado. Había abandonado la idea de ponerse en contacto con él para contarle lo de Tia.

Ella era una buena persona; se merecía toda la ayuda del mundo. Él, en cambio, no. El miedo al fracaso y a la pérdida se había convertido en una fuerza siniestra que le había corrompido el alma. Se había dejado llevar por esos instintos oscuros y había huido a Inglaterra para hacer una fortuna. Había perdido su acento italiano a propósito y había renunciado a sus raíces para reinventarse como el hombre de negocios que era; un hombre de hielo, sin escrúpulos...

Mirando atrás, no podía sino avergonzarse de su comportamiento. Llevar a Anna y a Tia a esa casa había hecho salir a los fantasmas del pasado, espectros de los que ya creía haberse librado. Lo que más quería en realidad era empezar de nuevo, con su familia; olvidarse de los errores del pasado y pasar página. ¿Pero podría culpar a Anna si al final no era capaz de perdonarle por ser el hombre que había sido?

Se sentía nervioso e inquieto. No estaba acostumbrado a no tener las emociones bajo control. Se frotó la mandíbula con la mano, temblorosa. Por la mañana se encontraría mejor. Unas cuantas horas de sueño eran justo lo que necesitaba para recomponerse. Apretó el interruptor de la luz y salió de la estancia al tiempo que se hacía la oscuridad más profunda.

Esa noche no buscaría consuelo en los brazos de Anna, por mucho que lo deseara. De alguna manera, después de haberla rechazado como lo había hecho en su primera noche en la casa, sabía que no merecía estar a su lado. Se retiraría a una de las habitaciones vacías y pasaría la noche solo.

Anna había dejado las cortinas abiertas y, por la mañana, los rayos del sol se colaban en la habitación, calentándole la cara. Tuvo que taparse los ojos con la mano. En cuanto vio que estaba sola en la cama se le cayó el alma a los pies. Dante no se había reunido con ella, tal y como le había prometido en un principio. Sí que estaba cansada la noche anterior, pero tampoco había esperado dormirse tan rápidamente, y hasta tan tarde. Estaba en un país extranjero, en una casa extraña... Debería haber tenido problemas para dormir, pero no había sido así.

Un suspiro de frustración se le escapó de los labios. Debería haberse quedado con él la noche anterior. Debería haber encontrado la forma de llegar a su corazón, la forma de decirle lo mucho que se preocupaba por él. Si se hubiera quedado a su lado, entonces él se hubiera dado cuenta de que no estaba de acuerdo con él. Le hubiera demostrado que sí merecía ser amado y que ella quería con fervor a la gente que le importaba de verdad. Sin embargo, todavía tenía un poco de miedo de mostrarle sus sentimientos... No quería perder su independencia...

De repente se acordó de la pequeña Tia. Tenía que ir a verla, preguntarle cómo había pasado la noche. Ella también había dormido en una cama extraña. Miró el reloj que estaba sobre la mesita de noche y se quedó boquiabierta. ¿Cómo se había quedado dormida hasta esa hora?

Rápidamente recogió su albornoz azul pastel del pie de la cama y bostezó. Sin poder resistirse, miró hacia el balcón de hierro forjado. La vista del lago era aún más impresionante por la mañana. Un barco lleno de turistas navegaba por sus aguas.

Anna contuvo el aliento. Había un ambiente veraniego que era como un sueño, sobre todo cuando pensaba que iba a pasar un mes en compañía de las dos personas que más le importaban en el mundo.

Al parecer Tia ya se había levantado de la cama. Había ropa esparcida por toda la habitación, lo cual indicaba que la niña debía de haberse vestido ella sola. ¿Dante se la habría llevado a desayunar?

De repente oyó risas en la cocina y hacia allí se dirigió. Al llegar a la puerta se envolvió bien en el albornoz.

Había dos mujeres, una joven y la otra de mediana edad. Ambas eran morenas y tenían los ojos grandes y brillantes. Las dos iban de un lado a otro, llevando platos de comida a la mesa con una sonrisa en los labios. Dante y Tia estaban allí. La niña parecía más contenta que nunca.

Como si supiera que estaba allí, Dante se dio la vuelta y sonrió. Anna se quedó petrificada, en blanco, sin saber qué decir. Bajo aquella mirada cálida y nebulosa, las piernas se le volvían de gelatina.

—*Buongiorno* —le dijo en un tono ronco, casi de alcoba.

Avergonzada, todo lo que Anna pudo hacer en ese momento fue sonreír con torpeza. Dante se levantó de su silla, cruzó la habitación y fue a darle un beso en la mejilla. Sus labios le rozaron la piel con tanta sutileza que a Anna se le pusieron los pelos de punta. Su aroma fresco y masculino y su turbador calor corporal la hacían sentirse mujer.

Él llevaba unos vaqueros negros y una camisa suelta de lino blanco, y así resultaba más tentador que cualquier pastel o delicia de desayuno.

Consciente del efecto devastador que tenía en ella, Dante sonrió por segunda vez y la agarró de la cintura.

–Ven a conocer a Giovanna y a Ester –le dijo, conduciéndola hacia la mesa. Las dos mujeres se detuvieron un momento y le sonrieron efusivamente.

La saludaron en italiano, pero entonces la más joven se atrevió con el inglés.

–Es un placer... Es un placer conocerla, *signorina*.

–Por favor –dijo Anna, tomándole la mano–. Llámame Anna.

–¿Mamá? ¿Por qué no te has vestido todavía? –preguntó Tia, con la boca llena de pan y mermelada–. ¿Sabes qué hora es?

–Sí. Lo sé, Tia Bailey, y también sé que me he quedado dormida, pero estaba más cansada de lo que pensaba. Y por cierto, señorita... No me has dado los buenos días.

–Lo siento, mamá. ¡Pero papá y yo llevamos horas levantados!

–¿En serio?

–A quien madruga Dios le ayuda... ¿No es eso lo que dicen? –dijo Dante en un tono burlón.

Al ver la chispa que brillaba en sus ojos, Anna sintió un calor que la recorría por dentro. Le dio un beso en la cabeza a Tia y entonces miró a su alrededor. Todo el mundo estaba arreglado menos ella.

–Siento haberme levantado tan tarde. Quisiera volver a mi habitación para vestirme. Bajaré lo antes que pueda, si no es molestia.

–Por supuesto que no –dijo Dante en un tono enfático–. Puedes hacer lo que quieras. Ésta es tu casa. Giovanna te calentará algo cuando bajes.

Para cuando volvió a la cocina, Giovanna había subido al piso superior para hacer las camas y Ester se había llevado a Tia a los jardines para jugar un poco.

Nada más verla entrar, Dante levantó la vista de la taza de café negro que tenía entre las manos. Había pasado la noche en vela.

Ella llevaba un bonito vestido color limón que le llegaba hasta las rodillas, con mangas hasta los codos. El cabello, suelto, le caía sobre los pechos, convirtiéndola en una visión casi celestial. Con sólo mirarla, Dante sintió que se incendiaba por dentro. Era una agonía seguir allí sentado, sin poder correr hacia ella y tomarla entre sus brazos.

–Tia está en el jardín, con Ester –le dijo, sabiendo que ésa sería la primera cosa que ella le preguntaría–. No te importa, ¿no?

–No. Claro que no –Anna fue hacia la mesa, se apoyó en una silla y apretó los párpados un momento–. Ese café huele fenomenal.

—Te serviré una taza.

—No. Ya me la sirvo yo. No quiero molestarte.

Se sirvió una generosa taza de café y se sentó frente a él.

Estaba tan guapa... El corazón de Dante latía de emoción. Recordando la conversación de la noche anterior, no podía evitar preguntarse si ella llegaría a aceptarle tal y como era, si podría olvidar lo que había sido en el pasado.

—Tia dijo que te levantaste pronto. ¿No podías dormir?

Adentrándose en la profundidad de sus ojos marrones, Dante esbozó una sonrisa casi dolorosa.

—No, Anna... No pude dormir. ¿Creíste que podría sin tenerte a mi lado?

Ella se sonrojó y bajó la vista hacia la taza de café.

—Me hubiera quedado contigo anoche... Hablando, quería decir —levantó la vista hacia él—. Pero era evidente que tú no querías que me quedara. Cada vez que intento acercarme a ti, Dante, tú tratas de apartarme. ¿Vas a seguir haciéndolo siempre?

La sonrisa de él se desvaneció. ¿Qué podía decirle cuando todo su cuerpo estaba sumido en la agonía del deseo? Mental, físico, espiritual... Podía volverse loco con todo ello. Apartó la taza de café con tanta fuerza que el líquido se derramó sobre la mesa.

Anna contuvo la respiración.

Él se puso en pie bruscamente. De repente todo había dejado de ser importante. Lo único que quería era tenerla entre sus brazos, respirarla como si fuera el aire que necesitaba para vivir. Agarrándola, la hizo levantarse de la silla y escondió el rostro en su cabello mientras la acariciaba con frenesí.

–Anna.... Oh, Anna...

Sintiendo cómo temblaba, la agarró de la barbilla y la besó hasta sentir que el corazón se le salía del pecho.

–¿Me deseas, Dante? –le preguntó ella, apartándose.

Su voz sonaba quebrada y cargada de emociones.

–Sí... Sí. Te deseo. ¡Siempre lo hago! ¿Me vas a castigar por ello?

–No, mi amor –le apartó unos cuantos mechones de pelo rubio del rostro.

Su tacto era tan suave, tan exquisito, que Dante no podía hablar. Tenía los músculos agarrotados de la tensión, y sólo quería relajarse un poco.

–Ya te castigas tú bastante, así que no voy a hacerlo yo también –añadió ella en un tono triste.

Él masculló un juramento, la agarró de la cintura y la apretó contra su pecho. Se había quedado sin palabras; la emoción le impedía hablar.

La tomó en brazos, subió con ella las flamantes escalinatas de hierro forjado y la llevó al dormitorio...

–¿Qué miras?

Anna estaba frente al increíble espejo de cuerpo entero, peinándose. Las puertas que daban al balcón estaban medio abiertas, dejando entrar la cálida brisa mediterránea. Le miró por encima del hombro con una sonrisa. Él estaba desnudo de cintura para arriba, con el cabello alborotado, tumbado en la cama con una mirada lasciva, seductora.

Un deseo irrefrenable creció dentro de ella de repente. Lo único que quería era meterse en la cama con él, disfrutar de otro encuentro sexual apasionado. No podía creerse que su propio cuerpo reaccionara tan rápido, con semejante voracidad libidinosa. No sabía si volver a la cama con él, o si debía bajar al jardín para hacerle compañía a Tia.

—Te estoy mirando a ti. ¿Qué quieres que mire con esa bata tan transparente que llevas, que me enseña todas tus curvas deliciosas y me recuerda que no debería haber dejado que te levantaras de la cama?

—Bueno, tienes que dejar de mirarme así... O lo pasaré muy mal el resto del día, porque no podré pensar más que en ti. Y quiero ir a conocer este lugar maravilloso, Dante. Por ejemplo, quiero visitar el monasterio medieval del que me hablaste.

Él se levantó de la cama, se puso unos bóxer negros y fue hacia ella. Aquel gesto tan simple no debería haber suscitado emoción alguna, pero cuando un hombre tenía un cuerpo como el de Dante Romano...

—Bueno... Supongo que es preferible visitar las ruinas de un monasterio de la Edad Media, antes que mirarme a mí, ¿no? —le dijo en un tono bromista.

Le puso las manos sobre las caderas y le plantó un beso arrebatador en la base del cuello.

La bata de Anna se le deslizó por el hombro. La joven ya empezaba a sentir un intenso calor en la entrepierna.

–Yo... Yo no he dicho eso –dijo ella, subiéndose la bata y tratando de zafarse de los brazos de su amante–. ¿Qué van a pensar Giovanna y Ester? Ya me he levantado tarde, y luego me convenciste para volver a la cama. ¡Pensarán que no tengo sentido de la decencia!

Él se echó a reír. El sonido de su risa era tan espontáneo que costaba creer que fuera el mismo hombre que un rato antes estaba consumido por el dolor y el desprecio hacia sí mismo.

Ella lo había tenido en sus brazos durante mucho tiempo después del primer encuentro sexual. Él lo necesitaba. Y resultaba aún más doloroso que nunca porque incluso un hombre tan fuerte y poderoso como él necesitaba sentir de vez en cuando que había alguien que se preocupaba por él.

–No tienes que preocuparte por ellas. Las dos tienen ideas muy modernas. Además... Giovanna se asomó a la puerta unos diez minutos después de que nosotros entráramos, y vio que estábamos... ocupados.

–¿Qué? –Anna se tapó la cara con ambas manos–. ¿Por qué no me lo dijiste? Oh, Dios mío... ¿Cómo voy a volver a mirarla a la cara después de esto?

–Mi preciosa Anna, estás haciendo una montaña de un granito de arena. Ya tenemos una hija. ¿No crees que Giovanna y Ester saben que estamos juntos?

Su mirada era risueña.

Anna le dio un golpecito en el brazo.

—¡No tiene gracia!

Apartándose de él, tomó su ropa del respaldo de la silla y se dirigió hacia el suntuoso cuarto de baño de mármol.

—¡Eres imposible! Lo sabes, ¿no? —exclamó, cerrando de un portazo.

Dante se rió a carcajadas.

Capítulo 11

MIENTRAS deambulaban por las pintorescas calles adoquinadas y los callejones estrechos de la encantadora ciudad, Dante miró a la belleza pelirroja que tenía al lado y se preguntó qué había hecho para merecer tanta felicidad.

Ella llevaba un vestido estampado con amapolas de color rosa y el cabello suelto. Sin duda era la mujer más llamativa de todo el lugar. Pero no era sólo eso lo que le gustaba tanto de ella. Con sólo llevarla de la mano, sentía una ola de alegría que le hacía vibrar por dentro. Todo el dinero y el éxito del mundo no se podían comparar con aquello. Y mientras caminaba, Dante vio con otros ojos la impresionante arquitectura renacentista que abundaba por el lugar. Ése era su hogar.

Por primera vez podía permitirse ser él mismo. No importaba de dónde venía ni el dinero que tenía. Se había quitado el disfraz de hombre de negocios multimillonario con entusiasmo y sentía una euforia indescriptible, un sentimiento de liberación... Quería gritarlo a los cuatro vientos.

Apretó la mano de Anna un momento. Ella le sonrió.

Tia era la única que faltaba para que el día fuera

perfecto. Se había empeñado en quedarse con Ester para acompañarla a recoger a su hijo Paolo. Ester la había invitado a comer y después pasaría la tarde jugando con el pequeño. Anna había dado su consentimiento, y a Dante le había parecido bien el plan. De no haber confiado en Ester plenamente, jamás hubiera accedido, pero Giovanna había sido la mejor amiga de su madre y así era como su hija y ella habían llegado a trabajar en la casa de Dante, tanto cuando él estaba allí como cuando no.

Pero, aunque echaba mucho de menos a Tia, sabía que cenarían todos juntos esa noche, y estaba encantado de poder pasar un poco de tiempo con Anna. Esa mañana, en la cama, ella se lo había dado todo, se había rendido a él como nunca antes. Era como si hubiera tirado abajo todas las barreras que tenía alrededor de un plumazo. Simplemente había recibido su fervor apasionado con el mismo abandono, con los mismos suspiros, las mismas caricias exploradoras... Dante sabía que ella estaba justamente donde quería estar. No había duda de ello.

En realidad nunca había conocido a una mujer tan generosa y entregada, en la cama y fuera de ella. Si pensaba en perderla o en dejarla escapar, su corazón se paraba un instante. Le asustaba mucho darse cuenta de lo mucho que ella había llegado a significar en su vida. ¿Aceptaría alguna vez casarse con él? Casi tenía miedo a pensar lo contrario.

Deteniéndose a su lado de repente, Anna se levantó las gafas de sol un momento para mirarle bien.

—Ya veo que la maquinaria no deja de girar. Casi oigo el ruido que hace —le dijo, sonriente.

–¿Qué quieres decir? –le preguntó él, sorprendido.

–La maquinaria que tienes en la cabeza, Dante. ¿En qué estabas pensando? –le preguntó, arrugando los párpados para protegerse del sol intenso.

Dante se obligó a sonreír, intentando ahuyentar el miedo que de repente se cernía sobre él como un negro nubarrón.

–No es nada interesante. Tengo miedo. Es que lo he pasado muy bien paseando contigo.

–No estarás preocupado por el trabajo, ¿no? No será por el Mirabelle o por los negocios millonarios que harás después, ¿verdad? –le preguntó en un tono burlón.

–¿Crees que sólo pienso en trabajo cuando estoy contigo? –frunció el ceño, pero entonces le acarició la mejilla y se la pellizcó–. Tengo que decirte, amor mío, que mis pensamientos no están en el trabajo cuando estoy contigo. ¿Cómo puedes dudarlo después de lo que pasó esta mañana? Todavía hay lugares de mi cuerpo que vibran y arden con sólo recordar cómo hicimos el amor. ¡Es un milagro que podamos caminar!

Anna se ruborizó violentamente y bajó la cabeza.

Dante se rió a carcajadas. Era una delicia verla sonrojarse de esa manera.

–Me dijiste que había un parque centenario cerca de aquí –comentó, volviendo a mirarle, aunque todavía tuviera las mejillas rojas–. ¿Podemos ir?

–Tendremos que tomar el ferry, pero ¿por qué no? –le dijo, encantado de poder darle un placer tan sencillo.

–¿Un ferry? ¡Oh, me encantaría!

Y así fue.

Su emoción resultó más que contagiosa. Dante disfrutó mucho navegando por aquellas aguas cristalinas con ella, contemplando las vistas de la orilla del lago, las pintorescas casas, las murallas medievales, las torres que se divisaban en la lejanía... Aunque el trayecto ya le era más que familiar, todo resultaba sorprendentemente nuevo con ella.

Media hora más tarde estaban sentados en un banco de madera del parque, de cara a los tilos. Una plétora de camelias blancas y rododendros los rodeaba. Anna se giró para observar a Dante con más atención.

–Dime algo de ti que no sepa –le dijo, sonriente.

Sabiendo que no había forma de esquivar aquella petición, Dante suspiró y después le contestó en un tono calmo.

–Ya he estado casado.

La sonrisa de Anna se desvaneció.

–¿Casado? No lo estarías cuando nos conocimos, ¿no?

–No –le dijo él.

De repente sentía una tensión en la garganta y su voz sonaba oxidada.

–Fue mucho tiempo antes de conocerte, Anna. En ese momento llevaba casi tres años divorciado.

–Oh... –el alivio de Anna fue más que evidente–. ¿Cómo se llamaba?

–¿Cómo se llamaba?

A Dante nunca le dejaba de sorprender ese empeño de las mujeres por conocer hasta los detalles más insignificantes. En otro momento podría haberle parecido divertido, pero no en ese preciso instante. A lo mejor Anna tenía algún reparo que otro en casarse con un hombre divorciado, sobre todo después de que le dijera el motivo de la ruptura de aquel matrimonio.

–Se llamaba Marisa.

–¿Era italiana?

–No. Era de California. La conocí cuando vivía en Nueva York. Trabajaba en una de las empresas que tenía allí.

–¿Cuánto tiempo estuvisteis casados?

Dante se frotó la nuca con la palma de la mano y suspiró.

–Tres años. Me dejó por otro, ya que quieres saberlo. Pero nuestro matrimonio ya andaba bastante mal antes de eso.

–¿Por qué?

Anna empezó a retorcerse las manos sobre su regazo y Dante se dio cuenta de que estaba cada vez más inquieta.

¿Por qué tenía que haber sacado ese tema en primera instancia?

Podría haberle contado alguna trivialidad en vez de confesarle que había estado casado.

–Ella se quejaba mucho de mi entrega total al trabajo. Lo que ese trabajo le podía dar le encantaba, pero le molestaba que no le dedicara todo el tiempo que ella esperaba. Y, para ser sincero, no le di toda la atención que debía haberle dado.

–Pero debió de dolerte mucho cuando te dejó por otro. ¿Estabas enamorado de ella?

Dante creyó ver solidaridad y empatía en los ojos de Anna. ¿Cómo podía ser tan buena y considerada? No podía comprenderlo, por mucho que lo intentara.

–No –le dijo con franqueza–. No estaba enamorado de ella. Aunque cuando nos conocimos, creía que sí. Era una persona muy vivaracha, atractiva, lista... Y además había un par de amigos míos que también estaban interesados en ella –sacudió la cabeza con tristeza–. Supongo que me dejé llevar por la emoción de la conquista y la competición. Por aquel entonces, eso era todo en lo que pensaba. Quién podía conseguir el mejor acuerdo, comprar la mejor propiedad, conquistar a la mujer más deseada... Bueno, al final tampoco tuve que conquistarla mucho. La vida lujosa que yo podía darle fue un gran incentivo para ella. ¿Sabes?

Se rió amargamente.

–Durante un tiempo, nuestros objetivos fueron los mismos. Yo buscaba el éxito a toda costa, y ella también. Definitivamente no era la clase de mujer que soñaba con tener familia. Supongo que yo me engañé a mí mismo, pensando que aquellos intereses superficiales eran precisamente lo que hacía que lo nuestro funcionara. Pero entonces ella conoció a un joven diseñador que vino a remodelar nuestro apartamento de Nueva York. Tuvo una aventura con él.

–¿Y dónde está ahora?

–Hasta donde yo sé, se ha vuelto a casar y vive en Greenwich Village, en Nueva York. Pero eso me da igual –añadió.

Se puso en pie y le tendió la mano para ayudarla a incorporarse.

–¿Vamos?

¿Quería lo bastante a su ex como para que aquella aventura le hubiera hecho daño de verdad? Anna respiró hondo. De repente se dio cuenta de que sabía por qué él tenía esa necesidad imperiosa de controlarlo todo, de ocuparse de todo. Tanto su padre como su mujer le habían abandonado, y eso le había dejado cicatrices que nunca se habían curado del todo. También debía de haber sido muy triste para él darse cuenta de que se había casado con una mujer que valoraba el dinero por encima de todo. Le habían querido por su riqueza, no por ser él mismo...

Haciendo un esfuerzo por no venirse abajo después de aquella confesión tan reveladora, Anna sonrió, relajada y sincera. Por lo menos, él ya empezaba a abrirse un poco.

–Sí. Vamos a caminar un poco.

Andar junto a un hombre tan apuesto, de espaldas anchas y elegante, con sus trajes de diseño y pose aristocrática, era todo un placer para Anna. No había mujer que no les lanzara alguna mirada indiscreta al pasar. Sin embargo, la joven también tuvo tiempo de contemplar el exuberante paisaje que tenía a su alrededor; las vistas, los olores, las flores, las fuentes, esculturas... Pasara lo que pasara entre ellos, jamás olvidaría aquel mes maravilloso a orillas del lago Como...

–Y Paolo dice que puedo ir a verle todas las veces que quiera. Él habla italiano, pero su madre me dice lo que él dice. Me cae tan bien, papá. ¡Me gusta mucho, mucho!

Tia no había parado desde que Ester la había llevado de vuelta a la casa. No hacía más que hablar y hablar de la tarde que había pasado en la casa de la empleada, jugando con su hijo Paolo. Estaba tan emocionada que apenas había probado la deliciosa comida que les había preparado Giovanna. Había hecho espaguetis a la boloñesa, precisamente porque la niña se lo había pedido.

Sentado a la mesa en el salón de la casa, con su flamante chimenea de mármol, Dante nunca había disfrutado tanto una comida. Nunca se había sentido tan pleno y satisfecho como en ese momento, en compañía de Anna y de su hija.

–Bueno, cariño... –le dijo con una sonrisa–. Estoy seguro de que verás al pequeño Paolo muy pronto. Pero ahora deberías comer algo, ¿no?

La pequeña tomó un bocado, lo masticó concienzudamente y entonces volvió a mirar a su padre.

–Paolo me dijo que su padre estaba muerto.

Nada más oír las palabras de la niña, Anna dejó el tenedor sobre el plato. Dante veía su preocupación.

–Lo sé, *piccolina* –le dijo con dulzura, poniendo su mano sobre la de la pequeña–. Era amigo mío, y fue muy triste cuando murió.

–¿Eso quiere decir que tú también te vas a morir pronto, papá?

Dante tragó con dificultad. La pregunta había sido como un golpe en el estómago. La idea de perderlas tan pronto le aterraba.

–Nadie sabe cuándo va a morir, mi ángel... Pero estoy seguro de que el cielo no me espera todavía. ¡Porque todavía tengo que estar aquí para cuidar de mis niñas!

Sintiendo un nudo en la garganta, levantó la vista hacia Anna. Justamente cuando hubiera querido decir algo más, le sonó el teléfono móvil. Miró la pantalla. Era del Mirabelle.

–Lo siento, pero tengo que contestar. Es Jason, del hotel –dijo, saliendo al pasillo.

Contestó rápidamente.

–¿Todo bien?

Cuando Dante regresó, Anna no estaba pensando en el Mirabelle precisamente. Lo que había dicho antes de salir le había llegado al corazón y en ese momento, al verle entrar de nuevo, con esos ojos turbulentos, sintió un impulso irrefrenable de tocarle, abrazarle...

Pero él le estaba dando el teléfono. Parecía algo inquieto.

–Todo está bien en el hotel... Sólo quería ponerme al día. Jason quiere hablar contigo.

–Oh...

Anna se puso en pie y tomó el teléfono en la mano. Dante la miraba con ojos de desaprobación.

–¿Hola? ¿Jason? ¿Qué pasa? –dijo, saliendo al pasillo también.

–Un par de cosas –le dijo Jason en un tono amigable, pero preocupado–. He oído que estabas en Como con Dante. ¿Qué tal te va?

–¿Cómo sabes lo mío con Dante?

–Mis padres me lo dijeron ayer. Fue toda una

sorpresa, pero siempre he sospechado que pasaba algo entre vosotros, desde que le vi aparecer por aquí. ¿Es cierto que es el padre·de Tia?

–Sí. Es cierto.

Oyó cómo suspiraba Jason.

–Debe de haber sido muy duro para ti criarla sola, sin poder contactar con él y decirle que estabas embarazada. ¡Si yo quisiera tanto a alguien, no podría mantener ese secreto!

La mente de Anna reaccionó tarde, pero sus ojos estaban puestos en la luna llena que se reflejaba en la negra superficie del agua del lago. El aroma de las flores se colaba por las ventanas. Su corazón temblaba con tanta belleza.

–¿Qué quieres decir?

–Ahora veo que estás loca por él. Eso es todo. No estarías en Como con él si no fuera así. Me alegro mucho por ti, me alegro mucho. ¡No conozco a nadie que se merezca ser feliz más que tú!

–Sí que lo quiero mucho, Jason. Tienes razón –le dijo Anna, reconociendo de repente sus verdaderos sentimientos. Aquella certeza fue como una caricia para sus pensamientos inquietos.

–Bueno... ¿Cuándo va a ser el gran día?

–¿Qué?

–Si no te ha pedido que te cases con él, entonces es que está loco.

Anna se mordió el labio inferior y miró hacia las puertas abiertas del salón. Se alejó un poco, por si acaso.

–Sí que me ha pedido que me case con él, pero yo le sugerí que viviéramos un tiempo juntos.

–¿Para qué?

–Es lógico, ¿no crees?

–¿Qué tiene de lógico amar a alguien?

Jason sonaba casi exasperado.

–Si él te ama y tú lo amas a él, y ya tenéis una niña preciosa, ¿qué sentido tiene vivir juntos un tiempo para probar? Deberías pedir hora en la iglesia más cercana y enviarnos a todos las invitaciones lo más pronto posible.

–¿Tú crees? –Anna sonrió.

El entusiasmo que oía en su voz era contagioso.

–Dijiste que había un par de cosas que querías comentarme... ¿Qué más querías decirme?

–Sólo quería decirte que también van a reformar tu apartamento. Espero no haber metido la pata diciéndotelo... A lo mejor Dante ya te lo ha dicho.

Anna frunció el ceño.

–No. No lo ha hecho. Es la primera noticia que tengo. ¿Y mis cosas? ¡No quiero que dejen mis cosas en cualquier sitio!

–Tranquila. Yo me encargo de eso. Ya sabes que lo haré. Sólo una cosa más antes de dejarte.

–Espero que no sea otra noticia como ésa.

–Más bien es una sorpresa.

La alegría de su voz era inconfundible. Anna se moría de la curiosidad.

–No me tengas en vilo, Jason. ¡Dímelo!

–Creo que he encontrado a mi alma gemela.

–¿Qué? ¡Oh, Dios mío! –gritó Anna, encantada.

Capítulo 12

DANTE esperó a que Tia estuviera en la cama antes de abordar a Anna con el tema de Jason Cathcart. Ella estaba sentada delante del tocador, frente al espejo. Llevaba puesta su bata y se estaba cepillando el pelo. Se le acercó por detrás y le puso las manos sobre los hombros. La tela de la bata era lo bastante fina como para sentir sus huesos bajo las yemas de los dedos. Ella se puso tensa nada más sentir sus manos.

Quería decirle algo irónico, afilado...

«Parecías muy contenta hablando con Jason...».

Pero las palabras que salieron de su boca fueron más duras, casi acusadoras...

–¿Qué quería Jason? No tenía por qué hablar contigo de trabajo mientras estás de vacaciones.

Anna frunció el ceño.

–¿Ni siquiera para decirme que están reformando mi apartamento y que están sacando todas mis cosas?

Dante dejó caer las manos. Ella se volvió hacia él.

–Lo siento. Debí decírtelo yo. Pero tengo tantas cosas en la cabeza que...

–¿Se te pasó? No puedo fingir que esto no me molesta, Dante. Sí que me molesta. Es mi casa la que están poniendo patas arriba en mi ausencia.

Realmente sí se le había olvidado decírselo. Dante estaba muy avergonzado. Él sabía lo importante que era ese apartamento para ella, pero había algo más que aún no le había dicho...

Y era el momento de confesarlo todo.

Sacudiendo la cabeza, se apartó de ella.

–Te debo una disculpa... Una buena disculpa. Lo sé. Pero con todas las obras y las reformas en el hotel, era evidente que tu apartamento estaría incluido en la renovación. Sin embargo, también quiero decirte que tengo pensado comprar una casa para Tia y para ti, ya vengas a vivir conmigo o no. Así tendréis vuestro sitio propio, sin otro tipo de compromisos. Podréis hacer con ella lo que queráis.

Anna se quedó perpleja. Se sujetó un mechón de pelo detrás de la oreja y guardó silencio unos segundos.

Cuando por fin habló, su expresión era de profunda sorpresa, como la cara de un niño al que acaban de darle un regalo con el que siempre había soñado.

–No tienes por qué hacer eso. Es un gesto muy generoso de tu parte, demasiado generoso en realidad, pero...

–Quiero hacerlo por ti, Anna –volvió junto a ella–. No quiero que vuelvas a sentir que dependes de alguien, ni de los dueños del hotel, ni de mí.

–Yo no... No sé qué decir.

Él sonrió de oreja a oreja.

–No tienes que decirme nada. Sólo acéptalo, por favor, y olvidémonos del tema.

–Gracias.

–¿Eso era todo lo que quería decirte Jason?

Anna no puedo evitar sonreír.

–No.

–¿No? –le preguntó Dante, cada vez más ansioso–. ¿Entonces qué más quería decirte?

–Era un asunto personal.

–¿Y tú eres su única confidente?

Dante deambulaba de un lado a otro, mesándose los cabellos.

–Somos buenos amigos, además de compañeros de trabajo –le dijo ella.

El tono de voz de Anna era todo un ejemplo de ecuanimidad y tranquilidad, pero Dante se sentía cada vez más celoso e impotente.

–¿Buenos amigos? –repitió en un tono burlón, abriendo los brazos y deteniéndose delante de ella–. ¿Es que no tienes amigos hombres para hacerles confidencias?

–A juzgar por tu tono de voz, parece que crees que Jason está interesado en mí. ¿Es eso lo que te preocupa, Dante?

–¿Y qué pasa si es así?

–Eso suena un poco posesivo, y no me gusta. Quiero poder hablar con quien yo quiera sin que sospeches de mí. Soy una persona decente, ¿sabes? Y si te doy mi palabra sobre algo, deberías creerme.

–Si me preocupo cuando compartes confidencias con un hombre joven y guapo, no es porque quiera controlarte o vigilarte. Simplemente soy un hombre que se preocupa por ti y sí me importa la gente con la que te relacionas. Eres la madre de mi hija y eso me da ciertos derechos, te guste o no.

Anna suspiró y guardó silencio durante unos segundos. Después se puso en pie.

–Tienes derecho a buscar lo mejor para nuestra hija, porque eres su padre –dijo–. Pero eso no te da derecho a tratar de controlarme.

–*Il mio Dio!* –Dante la miró con ojos perplejos–. ¿No has oído lo que he dicho? No trato de controlarte. Que tu padre tratara a tu madre como un objeto no significa que yo esté hecho de la misma pasta. Entiendo que te asusta la posibilidad de que yo pueda ser igual que él, Anna... –se acercó a ella, le puso la mano sobre el hombro.

El corazón le latía con locura, retumbando como un disparo dentro de su cabeza.

–Sé que eres una persona decente, y te creo cuando me dices que Jason es sólo un amigo –esbozó una sonrisa triste–. Pero no puedo evitar sentirme un poco celoso cuando te oigo hablar con él con tanto entusiasmo.

–Bueno, no tienes por qué sentir celos.

Los ojos marrones de Anna se habían oscurecido aún más, y su tono de voz era sutil, aterciopelado. El corazón de Dante continuaba latiendo desbocado, pero el motivo era otro. ¿Era cierto lo que veía en sus pupilas de chocolate?

Anna suspiró.

–Jason me contó que ha encontrado a su alma gemela y que está enamorado.

–¿En serio? –Dante sintió que un gran alivio estallaba en su interior.

–Me alegro mucho por él, porque había empezado a perder la fe en el amor verdadero. Yo le decía que la persona perfecta estaba esperándole en algún sitio, y que cuando llegara el momento preciso, aparecería en su vida. Bueno, menos mal que ha tenido un final feliz.

–¿Y crees que todos tenemos un alma gemela esperándonos en algún sitio?

–Sí.

–No sabía que eras tan romántica.

–¡Hay un montón de cosas que no sabes de mí, Dante!

Una sonrisa casi secreta bailaba en los labios de Anna, pero Dante seguía muy confundido. Aunque llegara a los cien años, jamás llegaría a entender a las mujeres. Ella no hacía más que atormentarlo.

–¿Hay algo más que quieras decirme? Si hay algo más, dímelo ya, por favor –le dijo, frunciendo el entrecejo.

–Ante todo, Jason jamás se interesaría en mí porque no soy un hombre y, segundo... Yo ya he encontrado a la persona perfecta. Sí. Y está aquí mismo, delante de mí, así que... Señor Romano, no tenía ninguna razón para sentirse celoso.

Le rodeó el cuello con ambos brazos y le dio un tierno beso en los labios. Un relámpago de deseo atravesó a Dante de pies a cabeza. La agarró de la cintura y la atrajo hacia sí. Debajo de la vaporosa bata llevaba un camisón con tirantes finos. Dante se imaginó arrancándole las prendas de la piel y haciéndola suya en ese momento.

–Cásate conmigo –le dijo, devolviéndole el beso con arresto y fervor.

Le sujetó las mejillas con las manos y la miró a los ojos.

–Tienes que casarte conmigo, Anna.

–Claro que sí. Eso es lo que yo quiero también.

Dante se quedó sin palabras. Lo único que podía hacer en ese momento era mirarla, embelesado.

–¿Cuándo lo decidiste? –le preguntó cuando recuperó la voz.

–La primera vez que estuvimos juntos... Cuando te vi sentado en aquella mesa, tan misterioso y carismático. Supe que esa fachada no era auténtica. Yo sabía que debajo había mucho dolor. Sabía que estabas perdido, que no sabías adónde ir, ni qué hacer. Supongo que siempre se me ha dado bien percibir el dolor en otras personas. El matrimonio de mi madre fue tan duro y destructivo que no podía haber sido de otra manera –sus ojos se humedecieron–. Pero ella creía en el amor verdadero. No sé cómo pudo aferrarse a semejante creencia, estando casada con un hombre como mi padre, pero sí lo hizo. Y quería lo mejor para mí. Siempre me decía que cuando me entregara a un hombre tenía que ser el hombre al que amara. Quiero que sepas que sí te quiero, Dante. Siempre te he querido y siempre te querré.

–¿Y me perdonas?

–¿Por qué?

–Por no tratar de contactar contigo y por cambiarme el nombre, por no saber o no creer que pudieras querer contactar conmigo, por no saber que querías verme después de que yo te dijera que sólo pasaríamos una noche juntos. ¿Me perdonas por todo eso?

—Los dos hemos cometido errores. Si no podemos perdonarnos el uno al otro y seguir adelante, entonces nada de esto tiene sentido. No es ése el mensaje que quiero darle a nuestra hija. Quiero que aprenda que los errores se pueden perdonar.

—*Ti amo*.

Dante sonrió y la colmó de besos en los párpados, en la nariz, en las mejillas, en los labios.

—Te quiero, Anna, con mi corazón y con mi alma. A veces me parece que la palabra amor no es lo bastante poderosa para expresar lo que siento. Aquella noche en el hotel, pensaba que sería incapaz de sentir algo hacia otro ser humano, pero tú me demostraste que estaba equivocado. Sí... —su voz se volvió más tierna—. Tú me tendiste la mano sin reservas, y aceptaste lo poco que te ofrecía sin pedir nada más. Y entonces, como un idiota, te dejé marchar. He tenido que afrontar muchas pérdidas en mi vida, pero si te pierdo de nuevo... Si pierdo a Tia ahora que la he recuperado... No sé qué haría.

—Bueno, no vas a perdernos a ninguna de las dos, mi amor.

—¿Eso es una promesa?

Anna asintió con el corazón en la mano.

—Lo juro.

Dante fue hacia la puerta un momento y bajó la intensidad de la luz en el cuadro de luces. Una brisa cálida y aromática les llegó procedente del lago.

–Puedes apagarlas del todo si quieres. Hay una luna llena espectacular. ¿No la has visto?

Anna fue hacia las puertas del balcón y las abrió un poco más. Salió fuera un momento y contempló el cielo estrellado. Una nube perezosa ocultaba la brillante esfera de plata. Era como si un artista la hubiera pintado allí, sobre el lienzo del negro firmamento.

La joven tembló por dentro, expectante.

Dante fue junto a ella y la hizo entrar de nuevo. La desabrochó el cinturón de la bata y se la quitó de los hombros. La arrojó sobre una silla cercana. Después, poniendo las manos sobre el fino tejido de su camisón, le agarró los pechos.

El calor de sus manos, la firmeza de sus dedos sobre la piel la hicieron curvarse contra él. Los pezones se le endurecieron, poniéndose de punta. Atrapándolos entre el pulgar y el dedo índice, Dante empezó a pellizcarla y masajearla, desencadenando una respuesta explosiva en ella. Apretándole las nalgas, le dejó muy claro que esos juegos preliminares le excitaban tanto como a ella.

Anna empezó a desabrocharle los botones de la camisa. Sus dedos temblorosos forcejeaban con los ojales y sacaban los botones con torpeza.

–¿Qué me haces, mi amor? –le preguntó él en un tono burlón.

Sus pómulos se veían más favorecidos que nunca con aquella sonrisa devastadoramente masculina.

–¡Quiero desnudarte! ¿Qué crees que hago?

Con un movimiento ágil y rápido, Dante tiró de

la camisa y se la abrió de un golpe, lanzando los botones al aire.

De frente a aquel magnífico pectoral bien esculpido y bronceado, Anna le dio un beso sobre la piel dura y tersa, cubierta de un fino vello. Él enredó las manos en su cabello, le levantó la cabeza y volvió a besarla salvajemente.

—Cuando me desnudes, ¿qué vas a hacer conmigo?

Anna miró aquellos ojos azul grisáceo y sonrió.

—Voy a tenerte en vela hasta el amanecer... Y debo decirte que tengo mucha imaginación. ¿Qué te parece?

Dante asintió con la cabeza.

—Me gusta mucho la idea, pequeña bruja. Siempre y cuando no te quedes dormida cuando te lleve a pasear mañana...

—Oh... ¿Y adónde vamos?

—Voy a llevarte a ver la casa de mi madre.

—¿En serio?

—Quiero enseñarte lo que he hecho con ella...

—Estoy muy intrigada... Me encantará ver dónde vivía tu madre, Dante. Quiero saber cómo era ella. Sé que ella lo era todo para ti.

—Bueno, mañana tendrás oportunidad. Pero ahora mismo...

La miró con la mirada más traviesa que jamás había visto. La agarró del trasero y de la cintura, y la levantó en el aire.

—Ahora mismo te voy a llevar a la cama. ¿Tienes algo que objetar?

Anna tragó en seco. Su corazón latía a un ritmo atronador.

–No. No tengo nada que objetar, *Signor* Romano.

Lleno de expectación y emoción, Dante esperaba que Anna y Tia disfrutaran de la visita a la casa de su madre, que estaba al otro lado del lago.

La villa, a la que habían llegado en una lujosa lancha a motor, descansaba en una ligera elevación, algo retirada de la orilla. A la entrada había un frondoso jardín a través del cual transcurría un camino que conducía a la puerta principal. Estaba a punto de revelar algo sobre sí mismo que no le había enseñado a casi nadie, y sólo esperaba que Anna amara aquel lugar tanto como él. Después de la maravillosa hija que había ayudado a engendrar, aquél era el logro del que estaba más orgulloso.

–¿Aquí vivía tu madre? –le preguntó Anna en un tono de interés mientras él las ayudaba a bajar de la lancha–. Es una de las casas más hermosas que he visto desde que llegué.

Y era cierto. Dante contempló una vez más aquella maravillosa casona; los olivos, las buganvillas blancas y rosas. Su mirada terminó posándose en su futura esposa, y en su preciosa hija...

De pronto se dio cuenta de que era el hombre más afortunado del mundo.

Se guardó la llave de la lancha y las agarró a las dos de las manos.

–Entremos.

–¿Tienes a alguien cuidando del lugar?

–Espera y verás –le dijo en un tono misterioso, animándolas a seguir.

Una joven que parecía una especie de artista de vanguardia, con el pelo negro y alborotado, unos ojos perfilados con arrobas de kohl y dos aros dorados colgando de las orejas, les abrió la puerta. Tenía un bebé apoyado sobre la cadera. En cuanto reconoció a Dante empezó a hablar en italiano con entusiasmo y le rodeó el cuello con ambos brazos.

Anna aguantó la punzada de celos y mantuvo su mejor sonrisa cortés. Dante hizo las presentaciones oportunas y la joven, de nombre Consolata, les dio un efusivo abrazo a las dos visitantes. La inquietud de Anna se desvaneció en cuanto la muchacha les dijo que tenían un pelo muy bonito.

–Entrad, por favor... Sí. Por favor, tenéis que entrar –les dijo la chica en un inglés chapurreado.

Accedieron al vestíbulo, que tenía el techo de cristal. A Anna le recordaba a uno de los invernaderos de Kew Gardens. Aquello era tan especial y hermoso que durante unos segundos no supo qué decir.

¿Qué era aquel lugar? ¿Y quién era Consolata?

Mirando a Tia, le sonrió con tranquilidad. La pequeña lo miraba todo con la boca abierta y los ojos brillantes. Acababan de llegar, pero ella ya estaba encantada.

Dante le dio un beso en la mejilla a Anna, envolviéndola en el exquisito aroma de su aftershave.

–A mi madre le encantaba este lugar –le explicó suavemente–. ¿Ves ese retrato que está sobre la repisa de la chimenea? Es un retrato de ella. Se lo mandé hacer cuando cumplió sesenta años. Todavía era muy guapa.

–Ya lo veo –murmuró Anna, contemplando el óleo de una mujer que guardaba cierto parecido con Sophia Loren.

–Cuando volví a Italia, casi un año después de su muerte, quería hacer algo por ella, para recordarla, algo que la hubiera hecho sentirse orgullosa de mí. Hablé con Giovanna y ella me habló de los problemas de algunas de las amigas de su hija Ester, que son madres solteras. Y después me presentó a Consolata, y también a otras jóvenes que estaban criando a sus hijos solas. Les di la casa para que pudieran vivir aquí y criar a sus hijos tranquilas, sabiendo que no tendrían que ir de un lado a otro, que nadie les podría arrebatar su hogar. Giovanna es la encargada del lugar, y los niños y sus madres la adoran. Hay cinco apartamentos en el edificio, una zona común y dos salas de juego enormes. Todas las mujeres reciben asistencia sanitaria y apoyo psicológico. ¿Vamos a conocerlas?

Anna no pudo hacer más que asentir con la cabeza. Estaba anonadada. Sentía tanto orgullo y alegría que apenas podía contenerlo. Siempre había sospechado que el hombre al que amaba tenía un corazón de oro, pero jamás se hubiera imaginado algo semejante. ¡Qué regalo tan maravilloso y generoso les había hecho!

Cualquier madre hubiera estado encantada de tener un hijo así. Había honrado la memoria de su madre de la mejor forma posible.

Sabiendo muy bien lo que era criar a un hijo sin

ayuda, Anna podía imaginarse lo mucho que aquel lugar debía de significar para esas madres. Y también comprendía lo mucho que Dante debía de haber sufrido al ver las penurias que pasaba su madre para criarle. Pero él había sabido convertir la experiencia de su infancia en algo positivo; había logrado inspirar a otros. Apretándole la palma de la mano, Anna supo que su mirada reflejaba todos esos sentimientos que tenía por él. Ya no temía que el matrimonio pudiera arrebatarle su independencia. En realidad estaba deseando unir su vida a la de ese hombre extraordinario. Y cuando llegara el momento de pronunciar los votos matrimoniales, lo haría convencida, enamorada...

Tras dejar el yate en el puerto, los invitados, vestidos con sus mejores galas y acompañados por dos fotógrafos, siguieron a la novia y al novio a través de un laberinto de callejones estrechos y adoquinados hasta llegar a la pequeña capilla blanca que estaba sobre una colina.

A medio camino del templo, Anna se quitó sus caros zapatos de diseño entre risas, porque los tacones no hacían más que enganchársele entre las piedras. Pero no importaba. El sol brillaba y el firmamento era de un azul intenso y resplandeciente. Aquél era el cielo con el que todas las novias soñaban para el día de su boda. Todo auguraba felicidad y alegría.

Con los zapatos colgando de las manos, Anna subió los peldaños que llevaban a la iglesia y se volvió un momento hacia su hija. Tia le sujetaba el velo de tul del traje color marfil de estilo medieval que llevaba puesto. La expresión de su dulce rostro angelical era de pura concentración.

Se detuvieron unos segundos frente a las puertas del templo. Dante abrazó a Anna un momento. Con sólo mirarle la joven sentía que se le paraba el corazón. Llevaba un traje de lino color marfil, combinado con una camisa blanca. Anna se mordió el labio y entonces sonrió, apartándole un mechón de pelo rubio de la cara.

Ese día sus increíbles ojos no era turbulentos y neblinosos, sino que tenían el mismo color que las tranquilas aguas de un lago azul a mediados de verano. De vez en cuando sus pupilas emitían un destello tan deslumbrante como los diamantes.

–Me dejas sin aliento, Dante Romano. Y no es sólo porque quiera comerte.

Él se llevó su mano a los labios y le dio un beso en las yemas de los dedos, observándola por debajo de las pestañas.

–Y yo estoy hechizado por tu belleza, Anna. Hoy es el día más feliz de toda mi vida... hasta ahora. Porque a partir de este momento sólo puede ser mejor.

Dos cámaras de fotos dispararon sus flashes.

–Oye, vosotros dos –exclamó Grant Cathcart.

Anna le había pedido que la llevara al altar.

–¡Se supone que hay que besarse después... no antes!

–Sí, mamá, papá. ¿No lo sabíais?

Con una mano apoyada en la cadera, Tia soltó el velo un momento y fingió estar enfadada.

Mientras los invitados y sus padres se reían a carcajadas, su expresión de enfado se convirtió en pánico.

El velo de tul se estaba arrastrando sobre los adoquines. Rápidamente recogió el fino tejido del suelo.

–Espero que no se haya ensuciado mucho, porque si es así, ¡me voy a enfadar mucho con vosotros dos!

–¿Cómo es posible que hayamos tenido una hija tan mandona? –preguntó Dante, riendo.

–Tiene que haber salido a ti –dijo Anna, riéndose a carcajadas–. Yo era todo un angelito.

Dante arrugó los párpados y puso cara de escepticismo.

–¿Estás segura, querida? Recuerdo un par de ocasiones en que lo de ser mandona te salió muy natural.

–Te haré pagar ese comentario más tarde –le susurró ella al tiempo que Dante la estrechaba entre sus brazos.

Con un ruidoso suspiro, Tia se volvió hacia los invitados que esperaban frente a la puerta de la iglesia y levantó las manos.

–¡Que todo el mundo se dé prisa y entre en la iglesia antes de que vuelvan a besarse!

Bianca

Su marido quería que volviera

Cuando su marido le puso la alianza, Marina pensó que sus sueños se habían hecho realidad. Pero su matrimonio no fue el cuento de hadas que había imaginado y, al final, se marchó con el corazón roto.

Dos años después, Pietro D'Inzeo ya no poblaba los sueños de Marina. Ella sabía que había llegado el momento de seguir con su vida. Había tomado esa decisión y, aunque él la había emplazado a visitarlo en Sicilia, nada haría que cambiara de idea.

Un sueño fugaz

Kate Walker